Translated Language Learning

Alice's Adventures in Wonderland

Aliceine Avanture u Zemlji Čudesa

Lewis Carroll

English / Hrvatski

Copyright © 2024 Tranzlaty
All rights reserved
Published by Tranzlaty
ISBN: 978-1-83566-638-8
Original text: Alice's Adventures in Wonderland
by Lewis Carroll (1865)
Abridged by Sam'l Gabriel Sons (1916)
www.tranzlaty.com

Down the Rabbit Hole
Niz zečju rupu

Alice was beginning to get very tired
Alice se počela jako umarati
she was sitting by her sister on the grass bank
sjedila je pored svoje sestre na travnatoj obali
but she had nothing to do
ali nije imala što raditi
her sister was reading a book
njezina sestra je čitala knjigu
once or twice Alice peeped into the book
jednom ili dvaput Alice je zavirila u knjigu
but the book had no pictures or conversations in it
ali u knjizi nije bilo slika ili razgovora
"what use is a book without pictures?," thought Alice
"Kakva korist od knjige bez slika?", pomisli Alice
"why would a book have no conversations?"
"Zašto knjiga ne bi imala razgovore?"
but she had other things to consider

Ali morala je uzeti u obzir druge stvari
"making a chain of daisies would be a pleasure"
"Pravljenje lanca tratinčica bilo bi zadovoljstvo"
"but is it worth the effort of getting up and picking the daisies??"
"Ali je li vrijedno truda ustati i brati tratinčice??"
this was not so easy to think about
o tome nije bilo tako lako razmišljati
because the day was making her feel sleepy and stupid
jer se zbog tog dana osjećala pospano i glupo
but suddenly her thoughts were interrupted
ali odjednom su joj se misli prekinule
a White Rabbit with pink eyes ran close by her
Bijeli Zec ružičastih očiju trčao je blizu nje

There was nothing overly remarkable about the rabbit
U zecu nije bilo ničeg pretjerano izvanrednog
and Alice did not think the rabbit remarkable either
a ni Alisa nije smatrala da je zec izvanredan
nor did it surprise her when the Rabbit spoke

niti ju je iznenadilo kad je Zec progovorio
"Oh dear! I shall be too late!" he said to himself
"O, Bože! Zakasnit ću!" rekao je u sebi
but then the Rabbit did something that rabbits didn't do
ali onda je Zec učinio nešto što zečevi nisu učinili
the Rabbit took a watch out of its waistcoat-pocket
Zec izvadi sat iz džepa prsluka
he looked at the time and then hurried on
pogledao je vrijeme i požurio dalje
Alice got to her feet, in amazement
Alice je ustala na noge, začuđena
she had never seen a rabbit with a waistcoat before!
nikada prije nije vidjela zeca s prslukom!
nor had she ever seen a rabbit with a watch!
niti je ikada vidjela zeca sa satom!
Alice was burning with a new curiosity
Alice je gorjela od nove znatiželje
and she ran across the field after the Rabbit
i otrčala je preko polja za Zecom
she was just in time to see the rabbit disappear
Stigla je taman na vrijeme da vidi kako zec nestaje
the rabbit hopped down into a large rabbit-hole
Zec je skočio u veliku zečju rupu
In another moment, down went Alice after the rabbit!
U drugom trenutku, Alice je krenula za zecom!
The rabbit-hole went straight on like a tunnel
Zečja rupa išla je ravno poput tunela
and the tunnel kept going for some distance
a tunel je nastavio ići na određenoj udaljenosti
and then the path suddenly dipped down
a onda je staza iznenada zaronila
Alice had not a moment to think about stopping herself
Alice nije imala ni trenutka razmišljati o tome da se zaustavi
she found herself falling down and down and down
Našla se kako pada dolje i dolje i dolje
it seemed as if she had fallen down a very deep well
činilo se kao da je pala u vrlo dubok bunar

Either the well was very deep, or she fell very slowly
Ili je bunar bio vrlo dubok, ili je padala vrlo sporo
because she had plenty of time to fall
jer je imala dovoljno vremena za pad
as she was falling she could look all around her
dok je padala, mogla je gledati svuda oko sebe
First, she tried to make out where she was going
Prvo je pokušala razabrati kamo ide
but the well was too dark to see anything
ali bunar je bio previše mračan da bi se išta vidjelo
then she looked at the sides of the well
Zatim je pogledala stranice bunara
and she noticed that there were cupboards all around her
i primijetila je da su posvuda oko nje ormari
and all around the well were book-shelves
a posvuda oko bunara bile su police s knjigama
here and there she saw maps and pictures hung upon pegs
tu i tamo vidjela je karte i slike obješene na klinovima
She took down a jar from one of the shelves as she passed
Skinula je staklenku s jedne od polica dok je prolazila
the jar was labelled for its content
staklenka je bila označena zbog svog sadržaja
"MARMALADE MADE FROM ORANGES"
"MARMELADA OD NARANČI"
but, to her great disappointment, the marmalade jar was empty
ali, na njezino veliko razočaranje, staklenka s marmeladom bila je prazna
she did not want to drop the empty marmalade jar
Nije htjela ispustiti praznu staklenku s marmeladom
and her fall was very slow
a njezin pad bio je vrlo spor
so she managed to put the marmalade jar into one of the cupboards
Tako je uspjela staviti staklenku s marmeladom u jedan od ormarića
Down, down, down she fall!

Dolje, dolje, dolje pada!
Would the fall ever come to an end?
Hoće li jesen ikada završiti?
There was nothing else to do
Nije se moglo ništa drugo raditi
so Alice soon began talking to herself
pa je Alice ubrzo počela razgovarati sama sa sobom
"Dinah will miss me very much tonight, I should think!"
"Mislim da ću večeras jako nedostajati Dini!"
Dinah was Alice's cat
Dinah je bila Alisina mačka
"I hope they'll remember her saucer of milk at tea-time"
"Nadam se da će se sjetiti njezinog tanjurića s mlijekom za vrijeme čaja"
"Dinah, my dear, I wish you were down here with me!"
"Dinah, draga moja, volio bih da si ovdje dolje sa mnom!"
Alice felt that she was dozing off
Alice je osjetila da drijema
and then suddenly, thump! thump!
A onda odjednom, udarac! snažan udarac!
down she fell upon a heap of sticks
pala je na hrpu štapova
and she landed on a pile of dry leaves
i sletjela je na hrpu suhog lišća
and finally the long fall down the hole was over
i konačno je dugi pad u rupu bio gotov
Alice was not a bit hurt
Alice nije bila nimalo povrijeđena
and she jumped up within a moment
i skočila je u trenu
She looked up, but it was all dark overhead
Podignula je pogled, ali sve je bilo mračno iznad glave
in front of her was another long corridor
Ispred nje je bio još jedan dugačak hodnik
and the White Rabbit was still in sight
a Bijeli Zec je još uvijek bio na vidiku
he was hurrying down the corridor

žurio je niz hodnik
There was not a moment to be lost
Nije bilo trenutka za gubljenje
off ran Alice like the wind
Alice je pobjegla kao vjetar
around the corner turned the rabbit
Iza ugla se okrenuo zec
she was just in time to hear the rabbit
stigla je taman na vrijeme da čuje zeca
""Oh, my ears and whiskers"
"O, moje uši i brkovi"
"how late it's getting!"
"Kako kasno postaje!"
She was close behind the rabbit
Bila je blizu zeca
she turned around another corner
Skrenula je iza drugog ugla
but the Rabbit was no longer to be seen
ali Zeca se više nije moglo vidjeti
She found herself in a long, low hall
Našla se u dugačkoj, niskoj dvorani
the hall was lit up by a row of ceiling lamps
dvorana je bila osvijetljena nizom stropnih svjetiljki
There were doors all around the hall
Vrata su bila po cijelom hodniku
but all the doors were locked
ali sva su vrata bila zaključana
she walked all the way down one side of the hall
hodala je cijelim putem niz jednu stranu hodnika
and she had walked all the way up the other side of the hall
i hodala je cijelim putem na drugu stranu hodnika
she had tried every door
isprobala je sva vrata
and she walked sadly down the middle of the hall
i tužno je hodala sredinom hodnika
"how am I ever going to get out again?"
"Kako ću ikada više izaći?"

Suddenly she came upon a little table
Odjednom je naišla na mali stolić
the table was made entirely of solid glass
Stol je u potpunosti izrađen od čvrstog stakla
There was nothing on the table but a tiny golden key
Na stolu nije bilo ničega osim sićušnog zlatnog ključa
the key might belong to one of the doors!
Ključ bi mogao pripadati jednim od vrata!
but, alas! some of the locks were too large for the keys
ali, nažalost! Neke su brave bile prevelike za ključeve
and for the other locks the key was too small
a za ostale brave ključ je bio premalen
but, at any rate, the key opened none of the doors
ali, u svakom slučaju, ključ nije otvorio nijedna vrata
but what was she to do?
ali što je trebala učiniti?
she went through the hall again
Opet je prošla kroz hodnik

and this time she noticed a low curtain
i ovaj put primijetila je nisku zavjesu
behind the curtain was a little door
Iza zavjese bila su mala vrata
the door was about fifteen inches high
vrata su bila visoka oko petnaest centimetara
She tried the little golden key in the lock
Isprobala je mali zlatni ključ u bravi
and to her great delight, the key fit in the lock!
i na njezino veliko oduševljenje, ključ je stao u bravu!
Alice opened the door
Alice je otvorila vrata
and she found the door led into a small corridor
i našla je vrata koja su vodila u mali hodnik
the corridor was not much larger than a rat-hole
hodnik nije bio puno veći od štakorske rupe
she knelt down and looked along the corridor
Kleknula je i pogledala hodnikom
and she saw the loveliest garden you have ever seen
i vidjela je najljepši vrt koji ste ikada vidjeli
how she longed to get out of that dark hall
kako je čeznula da izađe iz te mračne dvorane
how she wanted to wander among those bright flowers
Kako je željela lutati među tim svijetlim cvjetovima
how cool refreshing those fountains looked
Kako su cool osvježavajuće te fontane izgledale
but she could not even get her head through the doorway
ali nije mogla ni glavom provući kroz vrata
"Oh," said Alice, mournfully
"Oh", reče Alice, tužno
"how I wish I could fold up like a telescope!"
"kako bih volio da se mogu sklopiti poput teleskopa!"
"I think I could fold up like a telescope"
"Mislim da bih se mogao sklopiti poput teleskopa"
"if I only knew how to begin"
"Kad bih samo znao kako početi"
Alice went back to the table

Alice se vratila za stol
there was the chance of finding another key
Postojala je šansa za pronalaženje drugog ključa
or there might be a book of rules
ili možda postoji knjiga pravila
the book could tell her how to fold up like a telescope
knjiga joj je mogla reći kako se sklopiti poput teleskopa
This time she found a little bottle
Ovaj put je pronašla malu bočicu
"this bottle certainly was not here before," said Alice
"Ova boca sigurno nije bila ovdje prije", reče Alice
and tied around the neck of the bottle was a paper label
a oko vrata boce bila je vezana papirnata naljepnica
the label was beautifully printed in large letters
naljepnica je bila lijepo tiskana velikim slovima
"DRINK ME"
"PIJ ME"
"No, I'll look first," she said
"Ne, ja ću prvo pogledati", rekla je
"I'll see whether the bottle is marked as poisonous or not,"
"Vidjet ću je li boca označena kao otrovna ili ne,"
because she never forgot the lesson about poison
jer nikada nije zaboravila lekciju o otrovu
"if a bottle is labelled poisonous, it's bound to disagree with you"
"Ako je boca označena kao otrovna, sigurno se neće složiti s vama"
However, this bottle was not marked as poisonous
Međutim, ova boca nije označena kao otrovna
so Alice ventured to taste the content of the bottle
pa se Alisa odvažila kušati sadržaj boce
she found the liquid quite to her liking
Otkrila je da joj se tekućina sasvim sviđa
the drink had a sort of mixed flavour
piće je imalo neku vrstu mješovitog okusa
cherry-tart, custard, and pineapple
trešnja-tarta, krema i ananas

roast turkey, toffee, and toast with hot butter
Pečena puretina, karamela i tost s vrućim maslacem
and she soon finished off the bottle
i ubrzo je dovršila bocu
"What a curious feeling!" said Alice
"Kakav čudan osjećaj!" reče Alice
"I am folding up like a telescope!"
"Sklapam se kao teleskop!"
And she was folding up like a telescope indeed!
I doista se sklapala poput teleskopa!
She was now only ten inches high
Sada je bila visoka samo deset centimetara
and her face brightened up at her thoughts
a lice joj se razvedrilo od misli
now she was the the right size for the little door
sada je bila prave veličine za mala vrata
now she could go into that lovely garden
sada je mogla ući u taj ljupki vrt
soon she stopped getting smaller
ubrzo je prestala postajati manja
she decided on going into the garden at once
odlučila je odmah otići u vrt
but, alas for poor Alice!
ali, jao za jadnu Alice!
she got to the door
Stigla je do vrata
but she had forgotten the little golden key
ali zaboravila je mali zlatni ključ
she went back to the table for the key
Vratila se do stola po ključ
but she found she could not reach high enough
ali otkrila je da ne može dosegnuti dovoljno visoko
she could see the key quite plainly through the glass
mogla je jasno vidjeti ključ kroz staklo
she tried to climb up the legs of the table
Pokušala se popeti na noge stola
but the glass was far too slippery

Ali staklo je bilo previše sklisko
eventually she tired herself out with trying
Na kraju se umorila od pokušaja
and the poor little girl sat down and cried
a jadna djevojčica sjedne i zaplače
Alice spoke to herself rather sharply
Alice je govorila sama sebi prilično oštro
"Come, there's no use in crying like that!"
"Hajde, nema smisla tako plakati!"
"I advise you to stop right this minute!"
"Savjetujem ti da odmah staneš!"
She generally gave herself very good advice
Općenito si je davala vrlo dobre savjete
though she very seldom followed her own advice
iako je vrlo rijetko slijedila vlastite savjete
and she sometimes was too harsh on herself
a ponekad je bila prestroga prema sebi
and her words brought tears into her eyes
a njezine su joj riječi natjerale suze na oči
Soon her eye fell upon a little glass box
Ubrzo joj je pogled pao na malu staklenu kutiju
the little glass box was lying under the table
mala staklena kutija ležala je ispod stola
in the glass box was a very small cake
U staklenoj kutiji bila je vrlo mala torta
on the cake some words were beautifully written
Na torti su neke riječi bile lijepo napisane
the words had been marked in currants
riječi su bile označene ribizom
"EAT ME"
"JEDI ME"
"Well, I'll eat the cake," said Alice
"Pa, pojest ću kolač", reče Alice
"and if the cake makes me grow larger, I can reach the key"
"a ako me kolač učini većim, mogu doći do ključa"
"and if the cake makes me grow smaller, I can creep under the door"
"a ako me kolač učini manjim, mogu se provući ispod vrata"

"a ako me kolač smanji, mogu se uvući ispod vrata"
"so either way I'll get into the garden"
"pa u svakom slučaju ući ću u vrt"
"and I don't care which of the two happens!"
"I nije me briga što će se od to dvoje dogoditi!"
She ate a little bit of the cake
Pojela je malo kolača
and she anxiously spoke to herself:
i zabrinuto je govorila sama sebi:
"Which way? Which way?"
"Kojim putem? Kojim putem?"
and she held her hand on her head
i držala je ruku na glavi
she wanted to feel which way she was growing
željela je osjetiti u kojem smjeru raste
she was quite surprised to find what had happened
bila je prilično iznenađena kad je saznala što se dogodilo
she had remained the same size!
ostala je iste veličine!
so this time she doubled her efforts
pa je ovaj put udvostručila svoje napore
and soon she finished off the whole cake
i ubrzo je dovršila cijelu tortu

The Pool of Tears
Lokva suza

"This is getting more and more interesting!" cried Alice

"Ovo postaje sve zanimljivije!" uzviknula je Alice

You can see she was very surprised

Možete vidjeti da je bila jako iznenađena

"I'm opening out like the largest telescope there ever was!"

"Otvaram se kao najveći teleskop koji je ikada postojao!"

"Good-bye, feet! Oh, my poor little feet"

"Zbogom, stopala! O, moja jadna mala stopala"

"I wonder who will put on your shoes for you now, dears?"

"Pitam se tko će vam sada obući cipele, dragi?"

"and I wonder who will put on your stockings?"

"I pitam se tko će ti staviti čarape?"

"I shall be a great deal too far away"

"Bit ću predaleko"

"I won't be able trouble myself about you anymore"

"Neću se više moći mučiti oko tebe"

Just at this moment her head struck against something

Upravo u tom trenutku glava joj je udarila o nešto

she had reached the roof of the hall

stigla je do krova dvorane

in fact, she was now more than two meters tall

Zapravo, sada je bila visoka više od dva metra

and she at once took up the little golden key

i odmah je uzela mali zlatni ključ

and she hurried off to the garden door

i požurila je do vrtnih vrata

Poor Alice! There was not much she could do

Jadna Alice! Nije mogla puno učiniti

she laid down on one side

Legla je na jednu stranu

and she looked through into the garden with one eye

i pogledala je u vrt jednim okom

but to get through was more hopeless than ever

Ali proći je bilo beznadnije nego ikad

She sat down and began to cry again

Sjela je i ponovno počela plakati
She went on shedding gallons of tears
Nastavila je prolijevati galone suza
soon there was a large pool all around her
Uskoro je oko nje bio veliki bazen
and the water reached half-way down the hall
i voda je stigla do pola hodnika
After a time, she heard a little pattering of feet
Nakon nekog vremena začula je malo lupkanje nogu
she heard the feet coming from the distance
čula je stopala kako dolaze iz daljine
and she hastily dried her eyes to see what was coming
i žurno je osušila oči da vidi što dolazi
It was the White Rabbit returning
Bio je to Bijeli Zec koji se vraćao
he was splendidly dressed
Bio je sjajno odjeven
he had a pair of white gloves in one hand
u jednoj ruci imao je par bijelih rukavica
and he had a large feather fan in the other hand
a u drugoj ruci imao je veliku lepezu od perja
He came trotting along in a great hurry
Krenuo je u velikoj žurbi
and he muttered to himself, "Oh! the Duchess, the Duchess!"
i promrmljao je u sebi: "Oh! vojvotkinja, vojvotkinja!"
"Oh! won't she be savage if I've kept her waiting!"
"Oh! neće li biti divlja ako sam je ostavio da čeka!"

When the Rabbit came near her, Alice spoke
Kad joj se Zec približio, Alice je progovorila
but she spoke in a low, timid voice
ali ona je govorila tihim, plašljivim glasom
"sir, please stop what you're doing for one moment"
"Gospodine, molim vas, prestanite na trenutak s onim što radite"
The Rabbit startled violently
Zec se silovito zaprepastio
he dropped the white gloves and the feather fan
Ispustio je bijele rukavice i lepezu od perja
and he scurried away into the darkness as fast as he could
i odjurio je u tamu što je brže mogao
Alice picked up the feather fan and gloves
Alice je uzela lepezu od perja i rukavice
and she kept fanning herself while she kept talking
i nastavila se lepršati dok je govorila
"Dear, dear! How strange everything is today!"
"Dragi, dragi! Kako je danas sve čudno!"

"yesterday things went on just as usual"
"Jučer su se stvari odvijale kao i obično"
"Was I the same when I got up this morning?"
"Jesam li bio isti kad sam jutros ustao?"
"But if I'm not the same, there is another question"
"Ali ako nisam isti, postoji drugo pitanje"
"Who in the world am I?"
"Tko sam ja, zaboga?"
"Ah, that's the great puzzle!"
"Ah, to je velika zagonetka!"
As she said this, she looked down at her hands
Dok je to govorila, pogledala je dolje u svoje ruke
she was wearing one of the rabbits little white gloves
Nosila je jednu od zečjih malih bijelih rukavica
she hadn't noticed she put the glove on while talking
Nije primijetila da je stavila rukavicu dok je govorila
"How can I have done that?" she thought
"Kako sam to mogla učiniti?" pomislila je
"I must be growing small again"
"Mora da sam opet malen"
She got up and went to the table to measure her height
Ustala je i otišla do stola da izmjeri svoju visinu
she found that she was now about half a meter tall
otkrila je da je sada visoka oko pola metra
and she was still shrinking rapidly
i još uvijek se brzo smanjivala
She soon found out what the cause of the shrinking was
Ubrzo je saznala što je uzrok smanjenja
the feather fan was making her smaller again!
Lepeza od perja ponovno ju je činila manjom!
and she dropped the feather fan hastily
i brzo je ispustila lepezu od perja
she dropped the feather fan just in time to save herself
Ispustila je lepezu od perja taman na vrijeme da se spasi
had she fanned herself any longer she would have shrunk
away entirely
da se još više lepršala, potpuno bi se ustuknula

"That was a narrow escape!" said Alice
"To je bio tijesan bijeg!" reče Alice
and she was a good deal frightened at the sudden change
i bila je prilično uplašena iznenadnom promjenom
but she was very glad to find herself still in existence
ali bila je vrlo sretna što još uvijek postoji
"And now, off to the garden!"
"A sada, u vrt!"
And she ran with all speed back to the little door
I potrčala je svom brzinom natrag do malih vrata
but, alas! the little door was shut again
ali, nažalost! mala vrata su se ponovno zatvorila
and the little golden key was lying on the glass table again
i mali zlatni ključ opet je ležao na staklenom stolu
"Things are worse than ever," thought the poor child
"Stvari su gore nego ikad", pomisli jadno dijete
"I never was so small as this before, never!"
"Nikad prije nisam bio tako mali, nikada!"
As she said these words, her foot slipped
Dok je izgovarala te riječi, noga joj je skliznula
and in another moment there was a great splash!
i u sljedećem trenutku začuo se veliki pljusak!
she was up to her chin in salt-water
bila je do brade u slanoj vodi
Her first idea was that she had somehow fallen into the sea
Njezina prva ideja bila je da je nekako pala u more
However, she soon realized what she was in
Međutim, ubrzo je shvatila u čemu se nalazi
she was in a pool of tears
bila je u lokvi suza
the tears she had wept when she was two meters tall
suze koje je plakala kad je bila visoka dva metra

Just then she heard something
Upravo tada je čula nešto
something was splashing about in the pool
nešto je prskalo u bazenu
the splashing came from a little way off
prskanje je dolazilo malo dalje
and she swam nearer to see what the splashing was
i otplivala je bliže da vidi što je prskanje
she soon saw that it was only a little mouse
ubrzo je vidjela da je to samo mali miš
the little mouse had slipped in to the water too
Mali miš je također skliznuo u vodu
Alice thought to herself about the situation
Alice je razmišljala o situaciji
"Would it be of any use to speak to this mouse?"
"Bi li bilo korisno razgovarati s ovim mišem?"
"Everything is so up-side-down down here"
"Ovdje je sve tako naopako"
"I should think very likely this mouse can talk"
"Mislim da vrlo vjerojatno ovaj miš može govoriti"

"at any rate, there's no harm in trying"
"U svakom slučaju, nema štete u pokušaju"
So she began trying to talk to the mouse
Pa je počela pokušavati razgovarati s mišem
"Oh Mouse, do you know the way out of this pool?"
"O, Mišu, znaš li izlaz iz ovog bazena?"
"I am very tired of swimming about here, Oh Mouse!"
"Jako sam umoran od kupanja ovdje, o mišu!"
The mouse looked at her rather inquisitively
Miš ju je pogledao prilično znatiželjno
the mouse seemed to wink with one of its little eyes
Miš kao da je namignuo jednim od svojih malih očiju
but the little mouse said nothing
ali mali mišić nije rekao ništa
"Perhaps the mouse doesn't understand English," thought Alice
"Možda miš ne razumije engleski", pomisli Alice
"I dare say it's a French mouse"
"Usuđujem se reći da je to francuski miš"
"perhaps this mouse came over with William the Conqueror"
"možda je ovaj miš došao s Williamom Osvajačem"
So she began again, in French
Tako je počela iznova, na francuskom
"Where is my cat?" she asked in French
"Gdje je moja mačka?" upitala je na francuskom
it was the first sentence in her French lesson-book
bila je to prva rečenica u njezinoj udžbenici francuskog jezika
The Mouse gave a sudden leap out of the water
Miš je iznenada iskočio iz vode
and the mouse seemed to quiver all over with fright
a miš kao da je sav zadrhtao od straha
"Oh, I beg your pardon!" cried Alice hastily
"Oh, oprostite!" uzvikne Alice žurno
she was afraid that she had hurt the poor animal's feelings
bojala se da je povrijedila osjećaje jadne životinje
"I quite forgot you didn't like cats"
"Zaboravio sam da ne voliš mačke"

"I don't like cats!" cried the Mouse in a shrill, passionate voice

"Ne volim mačke!" uzviknuo je Miš prodornim, strastvenim glasom

"Would you like cats, if you were me?"

"Da si na mom mjestu, želiš li mačke?"

Alice comforted the mouse in a soothing tone

Alice je utješila miša umirujućim tonom

"Well, perhaps I would not like cats if I were you either"

"Pa, možda ni ja ne bih volio mačke da sam na tvom mjestu"

"please don't be angry about the mention of cats"

"Molim vas, nemojte se ljutiti zbog spominjanja mačaka"

"And yet I wish I could show you our cat Dinah"

"Pa ipak, volio bih da ti mogu pokazati našu mačku Dinah"

"if you met her I think you'd take a fancy to cats"

"da je upoznaš, mislim da bi ti se svidjele mačke"

"if you could only see her"

"Kad bi je samo mogao vidjeti"

"She is such a dear, quiet thing"

"Ona je tako draga, tiha stvar"

The mouse was shaking all over

Miš se tresao po cijelom tijelu

Alice felt certain the mouse must be really offended

Alice je bila sigurna da je miš stvarno uvrijeđen

"We won't talk about her any more, if you'd rather not"

"Nećemo više razgovarati o njoj, ako radije nećeš"

"We, indeed!" cried the Mouse

"Mi, zaista!" uzviknuo je Miš

the mouse was trembling down to the end of its tail

Miš je drhtao do kraja repa

"As if I would talk on such a subject!"

"Kao da bih govorio o takvoj temi!"

"Our family always hated cats"

"Naša obitelj je uvijek mrzila mačke"

"cats; nasty, low, vulgar things!"

"mačke; gadne, niske, vulgarne stvari!"

"Don't let me hear the name again!"

"Ne daj da više čujem ime!"
"I won't mention cats again indeed!" said Alice
"Neću više spominjati mačke!" reče Alice
she was in a great hurry to change the subject
jako joj se žurilo da promijeni temu
"Are you... are you fond of dogs?"
"Jeste li... Volite li pse?"
"There is such a nice little dog near our house,"
"U blizini naše kuće je tako lijep mali pas,"
"I should like to show you the little dog!"
"Želio bih vam pokazati malog psa!"
"this little dog kills all the rats and...
"Ovaj mali pas ubija sve štakore i...
"oh, dear!" cried Alice in a sorrowful tone
"O, Bože!" uzvikne Alice tužnim tonom
"I'm afraid I've offended you again!"
"Bojim se da sam te opet uvrijedio!"
the mouse was swimming away from her as fast as it could go
Miš je plivao od nje najbrže što je mogao
and the mouse made quite a commotion in the pool
a miš je napravio popriličnu komešanje u bazenu
So she called softly after the mouse
I tako je tiho viknula za mišem
"my dear mouse, please come back!"
"Dragi moj mišu, molim te, vrati se!"
"and we won't talk about cats"
"I nećemo govoriti o mačkama"
"and we don't have to talk about dogs either"
"A ne moramo razgovarati ni o psima"
When the mouse heard this, it turned around
Kad je miš to čuo, okrenuo se
and the little mouse swam slowly back to her
i mali mišić polako otplivao natrag do nje
the mouse's face was quite pale
Miševo lice bilo je prilično blijedo
and the mouse spoke, in a low, trembling voice

i miš je progovorio, tihim, drhtavim glasom
"Let us get to the shore"
"Dođimo do obale"
"and then I'll tell you my history"
"A onda ću vam ispričati svoju povijest"
"and you'll understand why it is I hate cats and dogs"
"i shvatit ćeš zašto mrzim mačke i pse"
It had become high time to go
Bilo je krajnje vrijeme da krenemo
because the pool was getting quite crowded
jer je bazen postajao prilično prepun
other birds and animals had fallen into the pool
druge ptice i životinje pale su u bazen
there were a Duck and a Dodo
bili su Patak i Dodo
and there was a Lory bird and an Eaglet
a tu su bili i ptica Lory i orao
and there were several other interesting looking creatures
a bilo je i nekoliko drugih stvorenja zanimljivog izgleda
Alice led the way out the pool
Alice je vodila izlaz iz bazena
and the whole party of animals swam to the shore
i cijela skupina životinja otplivala je do obale

A caucus race and a long tail
Utrka zastupnika i dugačak rep
They were indeed a funny-looking bunch of animals
Doista su bile smiješna skupina životinja
and they all assembled on the water's bank
i svi su se okupili na obali vode
the birds all had bedraggled feathers
sve su ptice imale iscrpljeno perje
and the furry animals were soaked through
a krznene životinje bile su natopljene
and all were dripping wet, annoyed and uncomfortable
i svi su bili mokri, iznervirani i neugodni

there was one question that had to be answered first
Prvo je trebalo odgovoriti na jedno pitanje
what is the best way for everyone to get dry?
Koji je najbolji način da se svi osuše?
They had a consultation about this matter
Imali su konzultacije o ovom pitanju
soon they were all on familiar terms

Uskoro su svi bili u poznatim odnosima
it was as if she had known them all her life
kao da ih je poznavala cijeli život
the mouse seemed to be a person of some authority
Činilo se da je miš osoba nekog autoriteta
"Sit down, all of you, and listen to me!
"Sjednite, svi, i slušajte me!
I'll soon make you all dry again!"
"Uskoro ću vas sve ponovno osušiti!"
They all sat down at once, in a large ring
Svi su sjeli odjednom, u veliki prsten
and the little mouse sat in the middle
a mali miš je sjedio u sredini
"Ahem!" said the mouse with an important air
"Hm!" rekao je miš s važnim izrazom
"Are you all ready?"
"Jeste li svi spremni?"
"This is the driest thing I know"
"Ovo je najsuša stvar koju znam"
"Silence all around, if you please!"
"Tišina uokolo, ako želite!"
"William the Conqueror was favoured by the pope"
"Vilim Osvajač bio je naklonjen papi"
"but he was soon submitted to by the English"
"ali ubrzo su mu se Englezi pokorili"
"they wanted leaders of late"
"Željeli su vođe u posljednje vrijeme"
"and they had been accustomed to power and conquest"
"i bili su navikli na moć i osvajanje"
"Edwin and Morcar, the Earls of Mercia and Northumbria"
"Edwin i Morcar, grofovi od Mercije i Northumbrije"
"Ugh!" said the lori bird, with a shiver
"Uh!" reče ptica lori, drhtajući
"and even Stigand, the patriotic archbishop of Canterbury"
"pa čak i Stigand, domoljubni nadbiskup Canterburyja"
"he also found it advisable"
"I on je smatrao da je to preporučljivo"

"What did he find advisable?" said the duck

"Što mu je bilo preporučljivo?" upita patka

"He found it advisable" the mouse replied rather crossly

"Smatrao je da je to preporučljivo", odgovorio je miš prilično uznemireno

but the duck was not satisfied

ali patka nije bila zadovoljna

"of course, you know what 'it' means"

"Naravno, znate što znači 'to'"

"I know what 'it' is when I find a thing," said the duck

"Znam što je 'to' kad nešto pronađem", reče patka

"it's generally a frog or a worm"

"To je općenito žaba ili crv"

"The question is, what did the archbishop find?"

"Pitanje je, što je nadbiskup pronašao?"

The mouse did not notice this question

Miš nije primijetio ovo pitanje

instead, the mouse hurriedly went on with the speech

umjesto toga, miš je žurno nastavio s govorom

"he found it advisable to go with Edgar Atheling"

"smatrao je da je preporučljivo ići s Edgarom Athelingom"

"to meet William and offer him the crown"

"da se sretne s Williamom i ponudi mu krunu"

the mouse continued, turning to Alice as it spoke

miš je nastavio, okrećući se prema Alice dok je govorio

"How are you getting on now, my dear?"

"Kako ti je sada, draga moja?"

"As wet as ever," said Alice in a melancholy tone

"Mokra kao i uvijek", reče Alice melankoličnim tonom

"this story doesn't seem to dry me at all"

"Čini se da me ova priča uopće ne isušuje"

"In that case," said the dodo solemnly, rising to its feet

"U tom slučaju", svečano je rekao dodo, dižući se na noge

"I vote that the meeting be adjourned"

"Glasam da se sastanak odgodi"

"and I propose an immediate adoption of more energetic remedies"

"i predlažem hitno usvajanje energičnijih lijekova"
"Speak real words!" said the eaglet
"Govorite prave riječi!" rekao je orao
"I don't know the meaning of half of those long words"
"Ne znam značenje polovice tih dugih riječi"
"and, what's more, I don't believe you know either!"
"i, štoviše, ne vjerujem da ni vi znate!"
"What I was going to say," said the dodo in an offended tone
"Što sam htio reći", rekao je dodo uvrijeđenim tonom
"the best thing to get us dry would be a caucus-race"
"Najbolja stvar koja će nas osušiti bila bi utrka za klubove"
"What is a caucus-race?" said Alice
"Što je zastupnička utrka?" upita Alice

"Well," said the dodo, "the best way to explain it is to do it"
"Pa", reče dodo, "najbolji način da se to objasni je da se to učini"
"First the dodo marked out a race-course"
"Prvo je dodo označio trkalište"
"the track was in a sort of circle"

"Pjesma je bila u nekoj vrsti kruga"
"and then all the party were placed along the course"
"A onda je cijela družina bila smještena duž staze"
There was no "One, two, three and away!"
Nije bilo "Jedan, dva, tri i dalje!"
but they began running when they liked
Ali počeli su trčati kad su htjeli
and they also finished when they liked
a također su završili kad su htjeli
so it was not easy to know when the race was over
Stoga nije bilo lako znati kada je utrka gotova
after half an hour or so of running they were all quite dry
Nakon otprilike pola sata trčanja svi su bili prilično suhi
the dodo suddenly called out, "The race is over!"
dodo je iznenada uzviknuo: "Utrka je gotova!"
and they all crowded around the dodo
i svi su se nagurali oko dodoa
all the animals were panting and puffing
sve su životinje dahtale i puhale
and they all wanted to know, "But who has won?"
i svi su htjeli znati: "Ali tko je pobijedio?"
This question the dodo could not immediately answer
Na ovo pitanje dodo nije mogao odmah odgovoriti
first he had to do a great deal of thinking
Prvo je morao puno razmišljati
after much thinking, the dodo finally spoke
Nakon dugog razmišljanja, Dodo je konačno progovorio
"Everybody has won, and all must have prizes"
"Svi su pobijedili i svi moraju imati nagrade"
"But who is to give the prizes?" asked a chorus of voices
"Ali tko će dati nagrade?" upitao je zbor glasova
"Well, she, of course," said the dodo
"Pa, ona, naravno", reče dodo
and the dodo pointed with one finger to Alice
a dodo je jednim prstom pokazao na Alice
and the whole party of animals crowded around her
i cijela skupina životinja nagomilala se oko nje

they called out, in a confused way, "Prizes! Prizes!"
zbunjeno su vikali: "Nagrade! Nagrade!"
Alice had no idea what to do
Alice nije imala pojma što učiniti
in despair she put her hand into her pocket
U očaju je stavila ruku u džep
and she pulled out a box of sweets
i izvukla je kutiju slatkiša
luckily the salt-water had not got into the box
Srećom, slana voda nije ušla u kutiju
and she handed the sweets around as prizes
i dijelila je slatkiše kao nagrade
There was exactly one piece for everyone
Postojao je točno jedan komad za svakoga
The next thing they had to do was to eat the sweets
Sljedeće što su morali učiniti bilo je pojesti slatkiše
this caused some noise and confusion
To je izazvalo buku i zbunjenost
**the large birds complained that they could not taste their
sweets**
velike ptice su se žalile da ne mogu okusiti svoje slatkiše
the small ones choked and had to be patted on the back
Mali su se ugušili i morali su ih tapšati po leđima
However, it was over at last
Međutim, napokon je bilo gotovo
and they sat down again in a ring
i ponovno sjedoše u prsten
and they begged the mouse to tell them something more
i molili su miša da im kaže još nešto
"You promised to tell me your history, you know," said Alice
"Obećala si da ćeš mi ispričati svoju povijest, znaš", rekla je
Alice
and she made another little remark about cats in a whisper
i šaptom je napravila još jednu malu primjedbu o mačkama
she didn't want to offend the mouse again
Nije htjela ponovno uvrijediti miša
the little mouse turned to Alice and sighed

mali mišić se okrenuo prema Alice i uzdahnuo
"Mine is a long and a sad tale!"
"Moja je duga i tužna priča!"
"It is a long tail, certainly," said Alice
"To je dugačak rep, svakako", reče Alice
and she looked down with wonder at the mouse's tail
i s čuđenjem pogleda dolje na mišji rep
"but why do you call it a sad tail?"
"Ali zašto to zoveš tužnim repom?"
And she kept on puzzling about it while the mouse was speaking
I nastavila je zbunjivati o tome dok je miš govorio
so that her idea of the tale was something like this
tako da je njezina ideja priče bila otprilike ovakva

<pre>
        "Fury said to
         a mouse, That
          he met in the
           house, 'Let
            us both go
             to law: I
             will prosecute
              you.——
               Come, I'll
                take no denial:
               We must have
             the trial;
           For really
          this morning
     I've
     nothing
     to do.'
          Said the
             mouse to
               the cur,
                 'Such a
                   trial, dear
                    sir, With
                        no jury
                          or judge,
                           would
                          be wasting
                       our
                    breath.'
                 'I'll be
               judge,
         I'll be
        jury.'
     said
     cunning
       old
            Fury:
              'I'll
                try
                  the
                    whole
                      cause,
                       and
                       condemn
                    you to
         death.'"
</pre>

Fury said to a mouse, That he met in the house"
Bijes reče mišu: "Da se sreo u kući"

Let us both go to law: I will prosecute you
Idemo oboje na sud: Tužit ću vas
Come, I'll take no denial: We must have the trial
Dođite, neću poricati: Moramo imati suđenje
For really this morning I've nothing to do
Jer stvarno jutros nemam što raditi
Said the mouse to the cur;
Rekao je miš psu;
Such a trial, dear sir, With no jury or judge, would be
wasting our breath
Takvo suđenje, dragi gospodine, bez porote ili suca, bilo bi
trošenje daha
"I'll be judge, I'll be jury," said cunning old Fury
"Ja ću biti sudac, bit ću porotnik", rekao je lukavi stari Fury
I'll try the whole cause, and condemn you to death
Pokušat ću cijelu stvar i osuditi te na smrt
the mouse spoke severely to Alice
miš je ozbiljno progovorio Alice
"You are not paying attention!"
"Ne obraćaš pažnju!"
"What are you thinking of?"
"O čemu razmišljaš?"
"I beg your pardon," said Alice very humbly
"Oprostite", reče Alice vrlo ponizno
"you had got to the fifth bend, I think?"
"Mislim da ste stigli do petog zavoja?"
"You insult me by talking such nonsense!"
"Vrijeđaš me govoreći takve gluposti!"
and the mouse got up and walked away
a miš je ustao i otišao
Alice called after the little mouse
Alice je viknula za malim mišem
"Please come back and finish your story!"
"Molim vas, vratite se i dovršite svoju priču!"
And the others all joined in chorus
I svi ostali su se pridružili u zboru
"Yes, please do finish your story!"

"Da, molim te, završi svoju priču!"
But the mouse only shook its head impatiently
Ali miš je samo nestrpljivo odmahnuo glavom
and the little mouse walked a little quicker
i mali mišić je hodao malo brže
"I wish I had Dinah, our cat, here!" said Alice
"Volio bih da imam Dinah, našu mačku, ovdje!" reče Alice
This caused a remarkable sensation among the party
To je izazvalo nevjerojatnu senzaciju među strankom
Some of the birds hurried off at once
Neke su ptice odmah požurile
and a Canary called out in a trembling voice, to its children;
i kanarinac je drhtavim glasom pozvao svoju djecu;
"Come away, my dears!"
"Odlazite, dragi moji!"
"It's high time you were all in bed!"
"Krajnje je vrijeme da svi budete u krevetu!"
with various excuses they all went away
uz razne izgovore svi su otišli
and Alice was soon left alone
i Alice je ubrzo ostala sama
"I wish I hadn't mentioned Dinah!"
"Volio bih da nisam spomenuo Dinah!"
"Nobody seems to like her down here"
"Čini se da je ovdje dolje nitko ne voli"
"but I'm sure she's the best cat in the world!"
"ali siguran sam da je ona najbolja mačka na svijetu!"
Poor Alice began to cry again
Jadna Alice ponovno je počela plakati
because she felt very lonely and low-spirited
jer se osjećala vrlo usamljeno i potišteno
In a little while, however, she again heard something
Međutim, ubrzo je opet nešto čula
a little pattering of footsteps in the distance
malo tapkanje koraka u daljini
and she looked up eagerly
i željno je podigla pogled

The rabbit sends in little Mr Bill
Zec šalje malog gospodina Billa

It was the white rabbit,trotting slowly back again
Bio je to bijeli zec, koji se polako vraćao natrag
he was looking about anxiously as he went
zabrinuto je gledao uokolo dok je išao
he looked as if he had lost something
izgledao je kao da je nešto izgubio
Alice heard him muttering to himself
Alice ga je čula kako mrmlja u sebi
"The Duchess! The Duchess! Oh, my dear paws!"
"Vojvotkinja! Vojvotkinja! O, drage moje šape!"
"Oh, my fur and whiskers!"
"O, moje krzno i brkovi!"
"She'll get me executed, I'm sure of that"
"Ona će me pogubiti, u to sam siguran"
"just as sure as ferrets are ferrets!"
"Baš kao što su tvorovi tvorovi!"
"Where can I have dropped my things, I wonder?"

"Pitam se gdje sam mogao baciti svoje stvari?"
Alice guessed in a moment what he was looking for
Alice je u trenu pogodila što traži
he was looking for the feather fan
Tražio je lepezu od perja
and he was looking for the pair of white gloves
i tražio je par bijelih rukavica
so she very good-naturedly began looking for the gloves
pa je vrlo dobroćudno počela tražiti rukavice
and she looked for the feather fan too
A tražila je i lepezu od perja
but the gloves and feather fan were nowhere to be seen
Ali rukavica i lepeza od perja nisu se nigdje mogli vidjeti
everything seemed to have changed since her swim in the pool
Činilo se da se sve promijenilo otkako je plivala u bazenu
nothing was the same since she had been in the great hall
Ništa nije bilo isto otkad je bila u Velikoj dvorani
and the glass table had vanished
i stakleni stol je nestao
and the little door wasn't there either
a ni malih vrata nisu bila tamo
Very soon the rabbit noticed Alice
Vrlo brzo zec je primijetio Alice
he called to her in an angry tone
pozvao ju je ljutitim tonom
"Mary Ann, what are you doing out here?"
"Mary Ann, što radiš ovdje?"
"Run home this moment"
"Trči kući ovog trenutka"
"and fetch me a pair of gloves and a feather fan!"
"I donesi mi par rukavica i lepezu od perja!"
"and be quick about it!"
"I požuri s tim!"
Alice spoke to herself as she ran off
Alice je govorila sama sa sobom dok je bježala
"He must have mistaken me for his housemaid!"

"Mora da me je zamijenio za svoju sluškinju!"
"How surprised he'll be when he finds out who I am!"
"Kako će se iznenaditi kad sazna tko sam ja!"
As she said this, she came upon a neat little house
Dok je to govorila, naišla je na urednu kućicu
on the door of the house was a bright brass plate
Na vratima kuće bila je svijetla mjedena ploča
"W. RABBIT"
"W. ZEK"
She went in without knocking on the door
Ušla je bez kucanja na vrata
and she hurried straight upstairs
i požurila je ravno gore
she worried that she might meet the real Mary Ann
brinula se da bi mogla upoznati pravu Mary Ann
because then she would be turned out of the house
jer bi tada bila izbačena iz kuće
and she wouldn't be able to find the feather fan and gloves
i ne bi mogla pronaći lepezu od perja i rukavice
Alice had found her way into a tidy little room
Alice je pronašla put do uredne male sobe
in the room was a table by the window
U sobi je bio stol uz prozor
and on the table was a feather fan
a na stolu je bila lepeza od perja
and there were two or three pairs of tiny white gloves
a tu su bila i dva ili tri para sićušnih bijelih rukavica
she picked up the feather fan and a pair of the gloves
Uzela je lepezu od perja i par rukavica
and she was just about to leave the room
i upravo se spremala napustiti sobu
but then her eyes fell upon a little bottle
ali onda joj je pogled pao na malu bočicu
She uncorked the bottle and put it to her lips
Odčepila je bocu i stavila je na usne
"I do hope it'll make me grow large again"
"Nadam se da ću opet narasti"

"I'm tired of being such a tiny little thing!"
"Umoran sam od toga da budem tako malena stvar!"
Alice had hardly drunk half the bottle
Alice je jedva popila pola boce
her head was already pressing against the ceiling
glava joj je već pritiskala strop
and she had to stoop down
i morala se sagnuti
to save her neck from being broken
kako bi spasila vrat od slomljenog
She hastily put down the bottle
Žurno je spustila bocu
"That's quite enough"
"To je sasvim dovoljno"
"I hope I don't grow anymore"
"Nadam se da više neću rasti"
Alas! It was too late to wish that!
Avaj! Bilo je prekasno da to poželim!
She went on growing and growing
Nastavila je rasti i rasti
and very soon she had to kneel down on the floor
i vrlo brzo je morala kleknuti na pod
and even then she went on growing
a čak i tada je nastavila rasti
as a last resource she put one arm out of the window
Kao posljednji resurs izvukla je jednu ruku kroz prozor
and she put one foot up the chimney
i stavi jednu nogu u dimnjak
"Now I can do no more, whatever happens"
"Sada ne mogu učiniti više, što god da se dogodi"
"What will become of me?"
"Što će biti sa mnom?"

Alice had a spot of luck
Alice je imala sreće
the little magic bottle had had its full effect
Mala čarobna bočica imala je svoj puni učinak
and Alice grew no larger than she was
a Alice nije narasla više nego što je bila
After a few minutes she heard a voice outside
Nakon nekoliko minuta začula je glas vani
and she stopped to listen to the voice
i zastala je da sluša glas
"Mary Ann! Mary Ann!" said the voice
"Mary Ann! Mary Ann!" reče glas
"Fetch me my gloves this moment!"
"Donesi mi rukavice ovog trenutka!"
Then came a little pattering of feet on the stairs
Zatim je uslijedilo malo tapkanje nogu po stepenicama
Alice knew it was the rabbit coming to look for her
Alice je znala da je to zec koji je dolazi potražiti
and she trembled till she shook the house

i drhtala je dok nije protresla kuću
she quite forgot what her proportions were
potpuno je zaboravila koje su joj proporcije
she was a thousand times as large as the rabbit
bila je tisuću puta veća od zeca
and she had no reason to be afraid of a rabbit
i nije imala razloga bojati se zeca
Presently the rabbit came up to the door
Ubrzo je zec prišao vratima
and the little rabbit tried to open the door
i mali zec je pokušao otvoriti vrata
the door started to open inwards
vrata su se počela otvarati prema unutra
but Alice's elbow was pressed hard against the door
ali Alicein lakat bio je snažno pritisnut na vrata
that attempt proved a failure
taj se pokušaj pokazao neuspješnim
Alice heard the rabbit speak to himself
Alisa je čula kako zec govori sam sa sobom
"Then I'll go around and get in through the window"
"Onda ću otići okolo i ući kroz prozor"
"That you won't!" thought Alice
"Da nećeš!" pomisli Alisa
and she waited a little again
i opet je malo čekala
soon she heard the rabbit just under the window
Ubrzo je čula zeca odmah ispod prozora
she suddenly spread out her hand
Odjednom je raširila ruku
and she made a snatch in the air
I ona je napravila trzaj u zraku
She did not get hold of anything
Nije se ničega dočepala
but she heard a little shriek and a fall
ali čula je mali vrisak i pad
and she heard a crash of broken glass
i čula je udarac razbijenog stakla

perhaps the rabbit had fallen
Možda je zec pao
maybe he was in a green-house
Možda je bio u stakleniku
Next came an angry voice; the rabbit's voice
Zatim se začuo ljutiti glas; Zečji glas
"Pat, where are you?"
"Pat, gdje si?"
And then came a voice she had never heard before
A onda se začuo glas koji nikada prije nije čula
"your honour, I'm here!"
"Časni sude, ovdje sam!"
"I'm digging for apples"
"Kopam jabuke"
"Here! Come and help me out of this!"
"Evo! Dođi i pomozi mi da se izvučem iz ovoga!"
"Now tell me, Pat, what's that in the window?"
"Sad mi reci, Pat, što je to na prozoru?"
"Sure, your honour, I will tell you"
"Naravno, časni sude, reći ću vam"
"it's an arm that's in the window!"
"To je ruka koja je u prozoru!"
"Well, an arm has no business there"
"Pa, ruka tamo nema posla"
"go and take the arm away!"
"Idi i makni ruku!"
There was a long silence after this
Nakon toga je uslijedila duga tišina
and Alice could only hear whispers now and then
a Alice je tu i tamo mogla čuti samo šapat
and at last she spread out her hand again
i napokon je ponovno raširila ruku
and she made another snatch in the air
i napravila je još jedan udarac u zrak
This time there were two little shrieks
Ovaj put začula su se dva mala vriska
and there was more sounds of broken glass

i bilo je još zvukova razbijenog stakla
"I wonder what they'll do next!" thought Alice
"Pitam se što će sljedeće učiniti!" pomisli Alice
"I wish they would pull me out the window"
"Volio bih da me izvuku kroz prozor"
She waited for some time
Čekala je neko vrijeme
but for a while she didn't hear anything more
ali neko vrijeme više nije čula ništa
At last came a rumbling of little wheels
Napokon se začula tutnjava malih kotačića
and there came the sound of a good many voices
i začuo se zvuk mnogih glasova
all the voices were talking together
Svi su glasovi razgovarali zajedno
She could make out some of the words
Mogla je razabrati neke riječi
"Where's the other ladder?"
"Gdje su druge ljestve?"
"Bill's got the other ladder"
"Bill ima druge ljestve"
"Bill, come here!"
"Bille, dođi ovamo!"
"Will the roof bear the load?"
"Hoće li krov podnijeti teret?"
"Who wants to go down the chimney?"
"Tko želi sići niz dimnjak?"
"Nay, I shall not! You do it!"
"Ne, neću! Učini to!"
"Here, Bill!"
"Evo, Bille!"
"The master says you've got to go down the chimney!"
"Gospodar kaže da se moraš spustiti niz dimnjak!"
Alice drew her foot as far down the chimney as she could
Alice je povukla nogu niz dimnjak što je više mogla
and then she waited to see what was coming
a onda je čekala da vidi što dolazi

she heard a little animal scratching and scrambling
čula je malu životinju kako grebe i penje se
the little animal must be in the chimney
mala životinja mora biti u dimnjaku
then she gave one sharp kick
Zatim je udarila jedan oštar udarac
and she waited to see what would happen next
i čekala je da vidi što će se sljedeće dogoditi
she heard a general chorus of voices
čula je opći zbor glasova
"There goes Bill!" they all said
"Ode Bill!" svi su rekli
then she heard the rabbit's voice alone
Tada je čula zečji glas nasamo
"You by the hedge, catch him!"
"Ti uz živicu, uhvati ga!"
there was another moment of silence
Uslijedio je još jedan trenutak tišine
and then there was another confusion of voices
a onda je nastala još jedna zbrka glasova
"Hold up his head, Brandy"
"Podigni mu glavu, Brandy"
"be careful not to choke him"
"Pazite da ga ne ugušite"
"What happened to you?"
"Što ti se dogodilo?"
Last came a little feeble, squeaking voice
Posljednji je došao slabašan, škripavi glas
"Well, I hardly know no more"
"Pa, jedva da više ne znam"
"thank you all, I'm better now"
"hvala svima, sada mi je bolje"
"there is one thing I can remember"
"Postoji jedna stvar koje se mogu sjetiti"
"something comes at me like a train in a tunnel"
"Nešto mi dolazi kao vlak u tunelu"
"and up I fly like a sky-rocket!"

"i letim gore kao raketa!"
there was a minute or two of silence
Uslijedila je minuta ili dvije šutnje
and then they began moving about again
a onda su se opet počeli kretati
and Alice heard the Rabbit speak again
i Alisa je ponovno čula Zeca kako govori
"A barrowful will do, to begin with"
"Za početak će biti dovoljna kolica"
"A barrowful of what?" thought Alice
"Gomila puna čega?" pomisli Alice
But she was not kept in suspense for long
Ali nije dugo držana u neizvjesnosti
a shower of little pebbles came through the window
kiša sitnih kamenčića ušla je kroz prozor
and some of the little pebbles hit her in the face
a neki od malih kamenčića pogodili su je u lice
Alice was surprised about the little pebbles
Alice je bila iznenađena malim kamenčićima
all the little pebbles were turning into cakes
svi mali kamenčići pretvarali su se u kolače
and a bright idea came into her head
i pala joj je na pamet sjajna ideja
"I should eat one of these cakes"
"Trebao bih pojesti jedan od ovih kolača"
"cake is sure to make some change in my size"
"Torta će sigurno napraviti neku promjenu u mojoj veličini"
So she swallowed one of the cakes
I tako je progutala jedan od kolača
and she was delighted to find that she began shrinking
i bila je oduševljena kad je otkrila da se počela smanjivati
soon she was small enough to get through the door
Uskoro je bila dovoljno mala da prođe kroz vrata
she ran out of the house
istrčala je iz kuće
a crowd of little animals and birds were waiting outside
gomila malih životinja i ptica čekala je vani

all the little birds and animals rushed at Alice
sve male ptice i životinje pohrlili su na Alice
but she ran off as fast as she could
ali pobjegla je što je brže mogla
and soon she found herself safe in a thick wood
i ubrzo se našla na sigurnom u gustoj šumi
Alice wandered about in the woods
Alice je lutala šumom
and she thought to herself:
I pomislila je:
"I know what I have to do first"
"Znam što prvo moram učiniti"
"first I have to grow to my right size again"
"Prvo moram ponovno narasti do svoje prave veličine"
"and then I have to find my way into that lovely garden"
"a onda moram pronaći put do tog lijepog vrta"
"I suppose I ought to eat or drink something or other"
"Pretpostavljam da bih trebao pojesti ili popiti nešto ili drugo"
"but the question is what should I eat or drink?"
"ali pitanje je što bih trebao jesti ili piti?"
Alice looked all around her at the flowers
Alice je pogledala oko sebe u cvijeće
and she looked through the blades of grass
i gledala je kroz vlati trave
but she could not see anything to eat or drink
ali nije mogla vidjeti ništa za jelo ili piće
nothing looked like the right thing to eat or drink
ništa nije izgledalo kao prava stvar za jelo ili piće
There was a large mushroom growing near her
U blizini je rasla velika gljiva
the mushroom was about the same height as Alice
gljiva je bila otprilike iste visine kao Alice
She stretched herself up on tiptoes
Ispružila se na prstima
and she peeped over the edge of the mushroom
i provirila je preko ruba gljive
her eyes immediately met the eyes of a large blue caterpillar

oči su joj se odmah susrele s očima velike plave gusjenice
the caterpillar was sitting on the top of the mushroom
gusjenica je sjedila na vrhu gljive
and the caterpillar had crossed all his arms
i gusjenica mu je prekrižila sve ruke
and he was quietly smoking a long hookah
i tiho je pušio dugu nargilu
and he took not the smallest notice of anything
i nije obraćao nimalo pažnje ni na što
and he certainly didn't pay attention to Alice
i sigurno nije obraćao pažnju na Alice

Advice from a caterpillar
Savjet gusjenice

At last the caterpillar took the hookah out of its mouth
Napokon je gusjenica izvadila nargilu iz usta
and he addressed Alice in a languid, sleepy voice
i obratio se Alice mlitavim, pospanim glasom
"Who are you?" said the caterpillar
"Tko si ti?" upita gusjenica

Alice replied, rather shyly, "I hardly know, sir"
Alice je odgovorila, pomalo sramežljivo: "Jedva znam,
gospodine"
"just at the moment it's all a bit..."
"Samo u ovom trenutku sve je pomalo..."
"I know who I was when I got up this morning""
"Znam tko sam bio kad sam jutros ustao""
"but I think I must have changed several times since then"
"ali mislim da sam se od tada promijenio nekoliko puta"
"What do you mean by that?" said the caterpillar
"Što time mislite?" upita gusjenica

sternly the caterpillar asked her to explain herself

Gusjenica ju je strogo zamolila da objasni

"I can't explain myself, I'm afraid, sir," said Alice

"Bojim se da se ne mogu objasniti, gospodine", reče Alice

"because I'm not myself"

"jer nisam svoj"

"you see, being so many different sizes in a day is very confusing"

"Vidite, biti toliko različitih veličina u jednom danu vrlo je zbunjujuće"

She pulled herself up and said very gravely:

Izvukla se i vrlo ozbiljno rekla:

"I think you ought to tell me who you are, first"

"Mislim da bi mi prvo trebao reći tko si"

"Why?" said the caterpillar

"Zašto?" upita gusjenica

Alice could not think of any good reason

Alice se nije mogla sjetiti nikakvog dobrog razloga

and the caterpillar seemed to be in a very unpleasant state of mind

i činilo se da je gusjenica u vrlo neugodnom stanju uma

so she turned away

pa se okrenula

"Come back!" the caterpillar called after her

"Vrati se!" gusjenica je viknula za njom

"I've something important to say!"

"Imam nešto važno za reći!"

Alice turned and came back again

Alice se okrenula i vratila

"Keep your temper," said the caterpillar

"Zadrži živce", reče gusjenica

"Is that all?" said Alice

"Je li to sve?" upita Alice

and she swallowed her anger as well as she could

i progutala je svoj bijes najbolje što je mogla

"No," said the caterpillar

"Ne", rekla je gusjenica

the caterpillar unfolded its arms
gusjenica je raširila ruke
and he took the hookah out of his mouth again
i opet je izvadio nargilu iz usta
and he said, "So you think you're changed, do you?"
a on je rekao: "Dakle, mislite da ste se promijenili, zar ne?"
"I'm afraid, I am changed, sir," said Alice
"Bojim se, promijenila sam se, gospodine", reče Alice
"I can't remember things as I used to remember them"
"Ne mogu se sjetiti stvari onako kako sam ih se sjećao"
"and I don't stay the same size for more than ten minutes!"
"I ne ostajem iste veličine dulje od deset minuta!"
"What size do you want to be?" asked the caterpillar
"Koje veličine želiš biti?" upitala je gusjenica
"Oh, I don't particularly mind what size I am," Alice hastily replied
"Oh, nije mi posebno važno koje sam veličine", odgovorila je Alice žurno
"I just don't like changing size so often, you know"
"Jednostavno ne volim tako često mijenjati veličinu, znaš"
"I would like to be a little larger, sir"
"Volio bih biti malo veći, gospodine"
"if you wouldn't mind," added Alice
"Ako vam ne smeta", doda Alice
"Ten centimetres is such a wretched height to be"
"Deset centimetara je tako bijedna visina"
"It is a very good height indeed!" said the caterpillar angrily
"To je doista vrlo dobra visina!" reče gusjenica ljutito
and he reared itself upright as he spoke
i uspravio se dok je govorio
he was exactly ten centimetres high
Bio je visok točno deset centimetara
In a minute or two, the caterpillar got down off the mushroom
Za minutu ili dvije, gusjenica je sišla s gljive
and he crawled away into the grass
i otpuzao je u travu

as he went away, he made some little remarks
Dok je odlazio, iznio je neke male primjedbe
"One side will make you grow taller"
"Jedna strana će vas učiniti višim"
"and the other side will make you grow shorter"
"a druga strana će te skratiti"
"One side of what?" thought Alice to herself
"Jedna strana čega?" pomislila je Alice u sebi
"The other side of what?"
"S druge strane čega?"
"the side of the mushroom," said the caterpillar
"Sa strane gljive", reče gusjenica
it was as if she had asked her question aloud
kao da je naglas postavila svoje pitanje
and in another moment, he was out of sight
i u drugom trenutku, nestao je iz vidokruga
Alice remained looking thoughtfully at the mushroom
Alice je ostala zamišljeno promatrati gljivu
she was trying to make out which were the two sides of the
mushroom
Pokušavala je razabrati koje su dvije strane gljive
At last she stretched her arms around the mushroom
Naposljetku je ispružila ruke oko gljive
and she broke off a bit of the edges
i odlomila je malo rubova
"And now, which side is which?" she said to herself
"A sada, koja je strana koja?" rekla je u sebi
and she nibbled a little of the right-hand bit
i grickala je malo desne ruke
The next moment she felt a violent blow underneath her
chin
Sljedećeg trenutka osjetila je snažan udarac ispod brade
her chin had struck her foot!
brada joj je udarila u stopalo!
She was a good deal frightened by this very sudden change
Bila je prilično uplašena ovom vrlo iznenadnom promjenom
she was shrinking very rapidly

Vrlo brzo se smanjivala
so she quickly ate some of the other bit of mushroom
pa je brzo pojela još malo gljive
Her chin was pressed very closely against her foot
Brada joj je bila vrlo čvrsto pritisnuta uz stopalo
there was hardly room to open her mouth
jedva da je bilo mjesta da otvori usta
but she did at last manage to open her mouth
ali napokon je uspjela otvoriti usta
and she swallowed a morsel of the left-hand bit
i progutala je zalogaj lijeve ruke
"my head's been freed at last!" said Alice
"Glava mi je napokon oslobođena!" reče Alisa
she looked down at herself
pogledala je dolje na sebe
but all she could see was an immense length of neck
ali sve što je mogla vidjeti bio je ogroman vrat
her neck seemed to rise like a stalk
vrat joj se podigao poput stabljike
and she looked down over a sea of green leaves
i pogledala je dolje preko mora zelenog lišća
"Where have my shoulders gotten to?"
"Gdje su moja ramena došla?"
"And oh, my poor hands, how is it I can't see you?"
"I oh, moje jadne ruke, kako to da te ne vidim?"
but her neck did have one benefit
Ali njezin je vrat imao jednu korist
she could move her head in any direction
mogla je pomicati glavu u bilo kojem smjeru
in fact, she was just like a serpent
zapravo, bila je poput zmije
she gracefully zigzagged her head down
Graciozno je cik-cak spustila glavu prema dolje
and she moved her head through the trees
i pomaknula je glavu kroz drveće
but then she heard a sharp hiss
ali onda je začula oštro siktanje

and she quickly pulled her head back
i brzo je povukla glavu unatrag
a large pigeon had flown into her face
veliki golub joj je uletio u lice
and the pigeon was violently with its wings
a golub je bio nasilno s krilima

"Serpent!" cried the pigeon
"Zmija!" uzviknuo je golub
"I'm not a serpent!" said Alice indignantly
"Ja nisam zmija!" reče Alice ogorčeno
"Leave me alone!"
"Ostavi me na miru!"
"I've tried the roots of trees"
"Probao sam korijenje drveća"
"and I've tried hedges," the pigeon went on
"I probao sam živice", nastavio je golub
"but those serpents! There's no pleasing them!"
"Ali te zmije! Nema ih ugoditi!"
Alice was more and more puzzled
Alice je bila sve više i više zbunjena

"As if it wasn't trouble enough hatching the eggs," said the pigeon
"Kao da nije bilo dovoljno problema s izlijeganjem jaja", rekao je golub
"by night and day I must look out for serpents too!"
"Danju i noću moram paziti i na zmije!"
"I had just found the highest tree in the forest"
"Upravo sam pronašao najviše stablo u šumi"
"surely I'd be free from serpents here?"
"Sigurno bih ovdje bio slobodan od zmija?"
"and out comes a serpent from the sky!"
"I izlazi zmija s neba!"
"But I'm not a serpent, I tell you!" said Alice
"Ali ja nisam zmija, kažem ti!" reče Alisa
"I'm a... I'm a... I'm a little girl," she added rather doubtfully
"Ja sam... Ja sam... Ja sam djevojčica", dodala je prilično sumnjičavo
she had after all been going through a lot of changes
Na kraju krajeva, prošla je kroz mnoge promjene
"You're looking for eggs," said the pigeon
"Tražiš jaja", rekao je golub
"I know that for a fact"
"Znam to zasigurno"
"and what does it matter if you're a little girl or a serpent?"
"A kakve veze ima jesi li djevojčica ili zmija?"
"It matters a good deal to me," said Alice hastily
"To mi je jako važno", reče Alice žurno
"but I'm not looking for eggs, as it happens"
"ali ja ne tražim jaja, kao što to biva"
"and I wouldn't want your eggs anyway"
"i ionako ne bih želio tvoja jaja"
"I don't like my eggs raw"
"Ne volim svoja jaja sirova"
"Well, be off then!" said the pigeon in a sulky tone
"Pa, onda odlazi!" rekao je golub mrzovoljnim tonom
and the pigeon settled down again into its nest
i golub se ponovno smjestio u svoje gnijezdo

Alice crouched down among the trees as well as she could
Alice je čučnula među drvećem najbolje što je mogla
her neck kept getting entangled among the branches
vrat joj se stalno zapetljao među grane
every now and then she had to stop and untwist her neck
Svako malo morala je stati i odmotati vrat
After awhile she remembered the mushroom
Nakon nekog vremena sjetila se gljive
she still held the pieces of mushroom in her hands
još uvijek je držala komadiće gljive u rukama
and she set to work very carefully
i počela je vrlo pažljivo raditi
first she nibbled at one piece
Prvo je grickala jedan komad
and then she nibbled at the other piece
a onda je grickala drugi komad
sometimes she grew taller
ponekad je narasla
and sometimes she grew shorter
a ponekad je postajala niža
but finally she achieved her usual height
ali na kraju je postigla svoju uobičajenu visinu
she hadn't been her own height for some time
već neko vrijeme nije bila svoje visine
so everything felt strange for a while
Tako da se sve neko vrijeme činilo čudnim
"The next thing to do is to get into that beautiful garden"
"Sljedeće što treba učiniti je ući u taj prekrasan vrt"
"how is that to be done, I wonder?"
"Kako se to može učiniti, pitam se?"
As she said this, she came upon an open place
Dok je to govorila, naišla je na otvoreno mjesto
there was a little house, a bit higher than a metre
Bila je kućica, malo viša od metra
"I wonder who lives in this little house"
"Pitam se tko živi u ovoj kućici"
"I certainly can't go in as big as I am"

"Sigurno ne mogu ući tako velik kao što jesam"
"I would frighten them terribly!"
"Strašno bih ih uplašio!"
so she nibbled at the little mushroom again
pa je opet grickala malu gljivu
and soon she brought herself down thirty centimetres
i ubrzo se spustila za trideset centimetara

A pig and some pepper
Svinja i malo papra

For a minute or two she stood looking at the house
Minutu ili dvije stajala je gledajući kuću
suddenly a footman came running out of the woods
odjednom je iz šume istrčao sluga
he was wearing a special livery uniform
nosio je posebnu uniformu livreje
judging by his face only, she would have called him a fish
Sudeći samo po njegovom licu, nazvala bi ga ribom
and he rapped loudly at the door with his knuckles
i glasno je pokucao prstima na vrata
the door was opened by another footman
vrata je otvorio drugi sluga
this footman too was wearing a special livery
I ovaj je sluga nosio posebnu livreju
this footman had a round face and large eyes like a frog
Ovaj sluga imao je okruglo lice i velike oči poput žabe

The footman that looked like a fish initiated the ceremony
Sluga koji je izgledao kao riba započeo je ceremoniju
he pulled out something from under his arm
Izvukao je nešto ispod ruke
and he pulled out from under his arm an envelope
i izvukao je ispod ruke omotnicu
and this envelope he handed over to the other footman
i tu je omotnicu predao drugom slugi
in a ceremonious tone he told him the orders
Svečanim tonom izrekao mu je zapovijedi
"This message is for the Duchess"
"Ova poruka je za vojvotkinju"
"An invitation from the queen to play croquet"
"Poziv kraljice da igramo kroket"
The footman that looked like a frog repeated the order
Sluga koji je izgledao kao žaba ponovio je naredbu
"from the queen"
"od kraljice"
"an invitation"
"poziv"
"for the Duchess"
"za vojvotkinju"
"playing croquet"
"Igranje kroketa"
Then they both bowed low
Zatim su se oboje nisko naklonili
and the curls in their wigs got entangled together
i kovrče na njihovim perikama su se ispreplele
soon the footman that looked like a fish was gone
Ubrzo je nestao sluga koji je izgledao kao riba
but the footman that looked like a frog was still there
Ali sluga koji je izgledao kao žaba još uvijek je bio tamo
he was sitting on the ground near the door
sjedio je na tlu blizu vrata
he was staring stupidly up into the sky
glupo je zurio u nebo
Alice went timidly up to the door and knocked

Alice je sramežljivo prišla vratima i pokucala
"There's no use in knocking," said the footman
"Nema smisla kucati", rekao je sluga
"and that is for two reasons"
"I to iz dva razloga"
"First, because I'm on the same side of the door as you are"
"Prvo, zato što sam na istoj strani vrata kao i ti"
"secondly, because they're making so much noise inside"
"Drugo, zato što iznutra prave toliku buku"
"no one could possibly hear you"
"Nitko te nikako nije mogao čuti"
And there certainly was a most extraordinary noise going on within
I zasigurno se unutra događala najneobičnija buka
a constant howling and sneezing
stalno zavijanje i kihanje
and every now and then a sound of great crashing
i s vremena na vrijeme zvuk velikog udarca
as if a dish or kettle had been broken to pieces
kao da je tanjur ili kuhalo za vodu razbijeno na komadiće
"How am I to get in?" asked Alice
"Kako da uđem?" upita Alice
"Should you get in at all?" said the footman
"Trebate li uopće uđivati?" upita sluga
"That's the first question, you know"
"To je prvo pitanje, znaš"
Alice opened the door and went in
Alice je otvorila vrata i ušla
The door led right into a large kitchen
Vrata su vodila ravno u veliku kuhinju
the kitchen was full of smoke from one end to the other
kuhinja je bila puna dima s jednog kraja na drugi
in the middle of the kitchen was the Duchess
u sredini kuhinje bila je vojvotkinja
she was sitting on a three-legged stool
Sjedila je na tronožnoj stolici
and she was nursing a baby

i dojila je bebu
the cook was leaning over the fire
kuharica se naginjala nad vatru
he was stirring a large caldron
Miješao je veliki kotao
and the caldron seemed to be full of soup
i činilo se da je kotao pun juhe
**"There's certainly too much pepper in that soup!" Alice said
to herself**
"U toj juhi sigurno ima previše papra!" Alice je rekla u sebi
she said it as best she could without sneezing
rekla je to najbolje što je mogla bez kihanja
Even the Duchess sneezed occasionally
Čak je i vojvotkinja povremeno kihnula
but the baby's actions were the most noteworthy
Ali djetetovi postupci bili su najznačajniji
the baby was sneezing and howling alternately
beba je naizmjenično kihala i zavijala
**there was not a moment's pause between howling and
sneezing**
Nije bilo ni trenutka stanke između zavijanja i kihanja
There were two creatures in the kitchen that did not sneeze
U kuhinji su bila dva stvorenja koja nisu kihala
the cook was too busy to sneeze
kuharica je bila previše zauzeta da kihne
and the large cat did not seem to mind the pepper
a velika mačka kao da joj paprika nije smetala
instead, the large cat was grinning from ear to ear
umjesto toga, velika mačka se smiješila od uha do uha
"Please would you tell me," said Alice, a little timidly
"Molim vas, hoćete li mi reći", reče Alice, pomalo sramežljivo
"why is your cat grinning like that?"
"Zašto se tvoja mačka tako smiješi?"
"It's a Cheshire-Cat," said the Duchess
"To je Cheshire-mačka", reče vojvotkinja
"and that's why he's grinning from ear to ear"
"I zato se smiješi od uha do uha"

"I didn't know that a Cheshire-Cat always grinned"
"Nisam znao da se Cheshire-Cat uvijek ceri"
"in fact, I didn't know that cats could grin," said Alice
"Zapravo, nisam znala da se mačke mogu smiješiti", rekla je
Alice
"there is much you don't know," said the Duchess
"Ima mnogo toga što ne znate", reče vojvotkinja
"there is much you don't know and that's a fact"
"Ima mnogo toga što ne znate i to je činjenica"
Just then the cook took the caldron of soup off the fire
Upravo tada kuhar je skinuo kotao juhe s vatre
and at once she started throwing everything within her reach
i odmah je počela bacati sve što joj je bilo nadohvat ruke
she threw everything she could at the Duchess and the babe
bacila je sve što je mogla na vojvotkinju i bebu
first she threw the fire-irons
Prvo je bacila željeza za vatru
then she threw a handful of saucepans
Zatim je bacila šaku lonaca
and finally she threw the plates and dishes
i na kraju je bacila tanjure i posuđe
The Duchess took no notice of her
Vojvotkinja je nije primijetila
even when she was hit by a plate she did not worry
Čak i kad ju je udario tanjur, nije se brinula
the baby was already howling so much
beba je već toliko zavijala
so it was impossible to say whether the blows hurt the baby
or not
pa je bilo nemoguće reći jesu li udarci povrijedili bebu ili ne
"Oh, please mind what you're doing!" cried Alice
"Oh, molim te, pazi što radiš!" uzvikne Alice
and she jumped up and down in an agony of terror
i skakala je gore-dolje u agoniji užasa
the Duchess offered Alice the baby
vojvotkinja je ponudila Alice bebu
"Here! You may nurse the baby a bit, if you like!"

"Evo! Možete malo dojiti dijete, ako želite!"
and she flung the baby at her as she spoke
i bacila je dijete na nju dok je govorila
"I must go and get ready to play croquet with the queen"
"Moram otići i spremiti se za igranje kroketa s kraljicom"
and she hurried out of the room
i požurila je iz sobe
Alice caught the baby with some difficulty
Alice je uhvatila bebu s nekim poteškoćama
because it was a very odd-shaped little creature
jer je to bilo malo stvorenje vrlo čudnog oblika
and the baby held out its arms and legs in all directions
a dijete je ispružilo ruke i noge u svim smjerovima
"I better take this child away with me," thought Alice
"Bolje da odvedem ovo dijete sa sobom", pomislila je Alice
"they're sure to kill this baby in a day or two"
"Sigurno će ubiti ovu bebu za dan ili dva"
"Wouldn't it be murder to leave this baby behind?"
"Ne bi li bilo ubojstvo ostaviti ovu bebu iza sebe?"
She said the last words out loud
Posljednje riječi izgovorila je naglas
and the little thing grunted in reply
a mala stvar je gunđala u odgovoru
"you best not turn into a pig, my dear," said Alice
"Bolje ti je da se ne pretvoriš u svinju, draga moja", reče Alice
"or else I'll have nothing more to do with you"
"inače više neću imati ništa s tobom"
Alice was just beginning to think to herself:
Alice je tek počela razmišljati:
"Now, what am I to do with this creature, when I get it home?"
"Sada, što da radim s tim stvorenjem, kad ga odnesem kući?"
but then the little creature grunted a little violently
ali onda je malo stvorenje malo silovito gunđalo
and Alice looked down into its face in some alarm
a Alisa ga pogleda u lice u nekoj uznemirenosti
This time there could be no mistake about it

Ovaj put nije moglo biti zabune oko toga
it was neither more nor less than a pig
nije bila ni više ni manje od svinje
so she set the little creature down
I tako je spustila malo stvorenje
and the little creature trot away quietly into the wood
i malo stvorenje tiho odjuri u šumu
Alice felt quite relieved to see the creature go
Alice je osjetila olakšanje kad je vidjela stvorenje kako odlazi
Alice was a little startled by seeing the Cheshire-Cat
Alice je bila pomalo zaprepaštena kad je vidjela Cheshire-Cat
it was sitting on a bough of a tree a few yards off
sjedio je na grani drveta nekoliko metara dalje
The cat only grinned when it saw her
Mačka se samo nacerila kad ju je vidjela
"Cheshire-cat," began Alice, rather timidly
"Cheshire-mačka", započela je Alice, prilično sramežljivo
"would you please tell me which way I ought to go from here?"
"Hoćete li mi, molim vas, reći kojim putem trebam ići odavde?"
"In that direction," the cat said
"U tom smjeru", rekla je mačka
and it waved the right paw around
i mahao je desnom šapom uokolo
"In that direction lives a maker of hats"
"U tom smjeru živi proizvođač šešira"
and then the cat waved its other paw
a onda je mačka zamahnula drugom šapom
"and in that direction lives a march hare"
"I u tom smjeru živi maršovski zec"
"Visit either you like; they're both mad"
"Posjetite kako god želite; oboje su ludi"
"But I don't want to go among mad people," Alice remarked
"Ali ne želim ići među lude ljude", primijetila je Alice
"Oh, you can't help that," said the Cat
"Oh, ne možeš si pomoći", reče Mačka

"we're all mad here"
"Ovdje smo svi ludi"
"are you playing croquet with the queen today?"
"Igraš li danas kroket s kraljicom?"
"I would like to very much," said Alice
"Jako bih voljela", reče Alice
"but I haven't been invited yet"
"ali još nisam pozvan"
"You'll see me there," said the Cat
"Vidjet ćeš me tamo", reče Mačka
and from one moment to the next the cat vanished
i iz trenutka u trenutak mačka je nestajala
soon Alice got in sight of the house of the march hare
ubrzo je Alisa ugledala kuću maršovskog zeca
this was a very large house
Ovo je bila vrlo velika kuća
so Alice did not want to go near the house
pa se Alice nije htjela približiti kući
first she had to nibble some more of the left side bit of mushroom
prvo je morala grickati još malo gljive s lijeve strane

a mad tea-party
luda čajanka
In front of the house there was a tree
Ispred kuće bilo je drvo
and under the tree there was a table
a ispod stabla bio je stol
and the table was set with all sorts of cutlery
a stol je bio postavljen sa svakakvim priborom za jelo
the march hare and the hat maker were at the table
Martovski zec i šeširar bili su za stolom
and together they were having tea
i zajedno su pili čaj
a dormouse was sitting between them
Između njih je sjedio puh
and the dormouse was fast asleep
a puh je čvrsto spavao
The table was of extraordinary size
Stol je bio izvanredne veličine
but most of the table was unoccupied
ali veći dio stola bio je nezauzet
they sat crowded together at one corner of the table
sjedili su nagurani zajedno u jednom kutu stola
and yet they made excuses when they saw Alice
a ipak su se opravdavali kad su vidjeli Alice
"No room! No room!" they cried out
"Nema mjesta! Nema mjesta!" vikali su
"There's plenty of room!" said Alice indignantly
"Ima dovoljno mjesta!" reče Alice ogorčeno
at one end of the table there was a large arm-chair
Na jednom kraju stola nalazila se velika fotelja
and Alice sat herself in the armchair
a Alice je sjela u fotelju
the hat maker opened his eyes very wide
Šeširar je širom otvorio oči
he couldn't believe what he was seeing
nije mogao vjerovati što vidi
but his mind was curious about other things

ali njegov je um bio znatiželjan o drugim stvarima
"Why is a raven like a writing-desk?"
"Zašto je gavran poput pisaćeg stola?"
Alice was open to the challenge
Alice je bila otvorena za izazov
"I'm glad they've begun asking riddles"
"Drago mi je da su počeli postavljati zagonetke"
"I believe I can guess that," she added aloud
"Vjerujem da to mogu pogoditi", dodala je naglas
The march hare grew curious about Alice
Zec je postao znatiželjan za Alice
"Do you really think you can find the answer?"
"Zar stvarno misliš da možeš pronaći odgovor?"
"I think I can find the answer indeed," said Alice
"Mislim da doista mogu pronaći odgovor", reče Alice
**"Then you should say what you mean," the march hare went
on**
"Onda bi trebao reći što misliš", nastavio je marširajući zec
"I do say what I mean," Alice hastily replied
"Govorim ono što mislim", Alice je žurno odgovorila
"at the very least I mean what I say"
"u najmanju ruku mislim ono što govorim"
"that's the same thing, you know"
"To je ista stvar, znaš"
the dormouse also contributed to the conversation
Puh je također pridonio razgovoru
but the dormouse seemed to be talking in its sleep
ali činilo se da puh govori u snu
"I breathe when I sleep"
"Dišem dok spavam"
"I sleep when I breathe!"
"Spavam kad dišem!"
"you might as well say they are the same too"
"Mogli biste reći da su i oni isti"
"It is the same thing with you," said the hat maker
"Isto je i s tobom", reče šeširar
and he poured a little tea on the dormouse's nose

i natočio je malo čaja na nos puha
The Dormouse shook its head impatiently
Puh je nestrpljivo odmahnuo glavom
and again the dormouse spoke, without opening its eyes
I opet je puh progovorio, ne otvarajući oči
"Of course, of course it is the same"
"Naravno, naravno da je isto"
"that's just what I was going to say myself"
"To je upravo ono što sam htio reći"

The hat maker turned to Alice and asked another question
Proizvođač šešira okrenuo se prema Alice i postavio još jedno pitanje
"Have you guessed the riddle yet?"
"Jesi li već pogodio zagonetku?"
"No, I give up," Alice conceded
"Ne, odustajem", priznala je Alice
"What's the answer?" she wanted to know
"Koji je odgovor?" željela je znati
"I haven't the slightest idea," said the hat maker

"Nemam pojma", rekao je šeširar
"Nor do I know," said the march hare
"Ni ja ne znam", reče maršijski zec
Alice gave a weary sigh
Alice je umorno uzdahnula
"there are better uses of time than riddles without answers"
"Postoje bolje iskorištenosti vremena od zagonetki bez
odgovora"
**"have some more tea," the march hare said to Alice, very
earnestly**
"Popijte još malo čaja", rekao je zec Alice vrlo ozbiljno
Alice was quite offended by the offer
Alice je bila prilično uvrijeđena ponudom
"I've had not had tea yet," Alice replied
"Još nisam popila čaj", odgovori Alice
"therefore I can't have any more tea"
"stoga ne mogu više piti čaj"
"You mean you can't have less tea," said the hat maker
"Misliš, ne možeš popiti manje čaja", rekao je proizvođač šešira
"it's very easy to take more than nothing"
"Vrlo je lako uzeti više od ničega"
At this, Alice got up and walked off
Na to je Alice ustala i otišla
The dormouse fell asleep instantly
Puh je odmah zaspao
and neither of the others took the least notice of her going
i nitko od ostalih nije ni najmanje primijetio njezin odlazak
though she looked back once or twice
iako se jednom ili dvaput osvrnula
they were trying to put the dormouse into the tea-pot
Pokušavali su staviti puha u čajnik
"At any rate, I'll never go there again!" said Alice
"U svakom slučaju, nikad više neću otići tamo!" reče Alice
and she walked her way through the woods
i hodala je kroz šumu
"that was the stupidest tea-party I've ever been to"
"To je bila najgluplja čajanka na kojoj sam ikada bio"

Just as she said this, she noticed something
Baš kad je to rekla, primijetila je nešto
one of the trees had a door leading right into it
Jedno od stabala imalo je vrata koja su vodila ravno u njega
"That's very interesting!" she thought
"To je vrlo zanimljivo!" pomislila je
"I think I may as well go through the door"
"Mislim da bih mogao proći kroz vrata"
And through the door she went
I kroz vrata je ušla
Once more she found herself in the long hall
Još jednom se našla u dugoj dvorani
again she was close to the little glass table
opet je bila blizu malog staklenog stolića
she took the little golden key
Uzela je mali zlatni ključ
and she unlocked the door that led into the garden
i otključala je vrata koja su vodila u vrt
Then she set to work nibbling at the mushroom
Zatim se bacila na posao grickajući gljivu
she had kept a piece of the mushroom in her pocket
Držala je komad gljive u džepu
and finally she was about a metre tall
i na kraju je bila visoka oko metar
then she walked down the little corridor
Zatim je krenula malim hodnikom
and then she finally found herself in the beautiful garden
A onda se konačno našla u prekrasnom vrtu
and she was among the bright flower and the cool fountains
i bila je među svijetlim cvijećem i hladnim fontanama

The queen's croquet ground
Kraljičino igralište za kroket

A large rose-tree stood near the entrance of the garden
Veliko stablo ruže stajalo je blizu ulaza u vrt
the roses growing on the tree were white
ruže koje su rasle na drvetu bile su bijele
but there were three gardeners painting the rose
Ali bila su tri vrtlara koji su slikali ružu
they were busily painting the roses red
Užurbano su bojali ruže u crveno
and Alice was watching them paint the roses red
a Alice ih je gledala kako boje ruže u crveno
and suddenly their eyes chanced to fall upon Alice
i odjednom su im oči padale na Alice
Alice spoke a little timidly
Alice je govorila pomalo sramežljivo
"Would you tell me, please;"
"Hoćete li mi reći, molim vas?"
"why are you all painting those roses?"
"Zašto svi bojite te ruže?"
five and seven said nothing, but looked at two
pet i sedam nisu ništa rekli, ali su pogledali dva
two spoke, in a low voice
Dvojica su progovorila, tihim glasom
"Why, the fact is, you see, madam"
"Pa, činjenica je, vidite, gospođo"
"this here ought to have been a red rose-tree"
"Ovo je ovdje trebalo biti crveno stablo ruže"
"and we put a white rose-tree in by mistake"
"i greškom smo stavili bijelo stablo ruže"
"as you would agree, the queen must not find out"
"Kao što se slažete, kraljica ne smije saznati"
"else we would all have our heads cut off"
"inače bi nam svima odsjekli glave"
"So you see, madam, we're doing our best"
"Dakle, vidite, gospođo, dajemo sve od sebe"
card five had been anxiously looking across the garden

Kartica pet zabrinuto je gledala preko vrta
At this moment card five called out, "The queen! The queen!"
U tom trenutku peta karta je viknula: "Kraljica! Kraljica!"
and the three gardeners instantly scurried away
i tri vrtlara su odmah pobjegla
and they threw themselves flat upon their faces
i bacili su se ravno na lice
There was a sound of many footsteps
Čuli su se mnogi koraci
Alice looked around, eager to see the queen
Alisa se osvrnula oko sebe, željna vidjeti kraljicu
At the start of the procession were ten soldiers
Na početku povorke bilo je deset vojnika
their hands and feet were in the corners
ruke i noge bile su im u kutovima
and in their hands and feet were clubs
a u rukama i nogama bile su im toljage
next came the ten courtiers
Slijedilo je deset dvorjana
the courtiers were ornamented all over with diamonds
dvorjani su posvuda bili ukrašeni dijamantima
After the courtiers came the royal children
Nakon dvorjana došla su kraljevska djeca
there were ten of the royal children
Bilo je desetero kraljevske djece
and all the royal children were ornamented with hearts
i sva kraljevska djeca bila su ukrašena srcima
Next came the guests; mostly kings and queens
Zatim su došli gosti; uglavnom kraljevi i kraljice
and among the kings and queen Alice saw someone
a među kraljevima i kraljicom Alisa je vidjela nekoga
she saw again the white rabbit she had chased
ponovno je ugledala bijelog zeca kojeg je progonila
The procession was followed the knave of hearts
Povorku je pratio srdačnik
he was carrying the king's crown

nosio je kraljevu krunu
and the king's crown was on a crimson velvet cushion
a kraljeva kruna bila je na grimiznom baršunastom jastuku
and then came the end of this grand procession
A onda je došao kraj ove velike povorke
and there at the end were the king and queen of hearts
i tamo na kraju su bili kralj i kraljica srca
the procession came opposite to Alice
povorka je došla nasuprot Alice
and they all stopped and looked at her
i svi su zastali i pogledali je
and the queen said severely, "Who is this?"
a kraljica je ozbiljno rekla: "Tko je to?"
She said it to the Knave of Hearts
Rekla je to Knave of Hearts
but he just bowed and smiled in reply
ali on se samo naklonio i nasmiješio u odgovoru
Alice spoke very politely
Alice je govorila vrlo pristojno
"My name is Alice, so please your majesty"
"Moje ime je Alice, pa molim Vaše Veličanstvo"
but she had other thoughts to herself
ali imala je druge misli za sebe
"they're only a pack of cards, after all!"
"Na kraju krajeva, to je samo paket karata!"
"Can you play croquet?" shouted the queen
"Znaš li igrati kroket?" viknula je kraljica
The question was evidently meant for Alice
Pitanje je očito bilo namijenjeno Alice
"Yes!" said Alice loudly
"Da!" rekla je Alice glasno
"Come play then!" roared the queen
"Dođi se onda igrati!" zaurlala je kraljica
a timid voice spoke to Alice
plašljiv glas progovorio je Alice
"it's a very fine day!"
"Vrlo je lijep dan!"

She was walking by the white rabbit
Šetala je pored bijelog zeca
and the White Rabbit was peeping anxiously into her face
a Bijeli Zec joj je zabrinuto virio u lice
"a very fine day indeed," confirmed Alice
"Zaista vrlo lijep dan", potvrdi Alice
"Where's the duchess?"
"Gdje je vojvotkinja?"
"Hush! Hush!" said the Rabbit
"Šuti! Šuti!" rekao je Zec
"She's under sentence of execution"
"Ona je osuđena na pogubljenje"
"What is she being executed for?" asked Alice
"Zbog čega je pogubljena?" upita Alice
"She scuffed the queen's ears," the rabbit began
"Ogrebala je kraljičine uši", započeo je zec
the queen shouted in a voice of thunder
Kraljica je viknula gromoglasnim glasom
"Get to your places!"
"Idite na svoja mjesta!"
and people began running about in all directions
i ljudi su počeli trčati u svim smjerovima
and they all tumbled up against each other
i svi su se srušili jedni na druge
However, they got settled down in a minute or two
Međutim, smjestili su se za minutu ili dvije
and then the game began
A onda je utakmica počela
Alice had never seen such a curious croquet ground
Alice nikada nije vidjela tako čudno igralište za kroket
the grass was all ridges and furrows
trava je bila sva grebena i brazda
The croquet balls were real hedgehogs
Loptice za kroket bile su pravi ježevi
and the mallets were real flamingos
a čekići su bili pravi flamingosi
and the soldiers stood on their hands and feet

a vojnici su stajali na rukama i nogama
because the arches was made from their bodies
jer su lukovi napravljeni od njihovih tijela
The players all played at once
Svi igrači su igrali odjednom
nobody waited for their turns
nitko nije čekao svoj red
and everyone quarrelled with everyone
i svi su se svađali sa svima
and all were fighting for the hedgehogs
i svi su se borili za ježeve
soon the queen was in a furious passion
Ubrzo je kraljica bila u bijesnoj strasti
and she started stamping about and shouting
i počela je gaziti uokolo i vikati
"Chop off his head!"
"Odsijeci mu glavu!"
"Chop off her head!"
"Odsijeci joj glavu!"
"Chop all their heads off!"
"Odsjeći im sve glave!"
Again Alice thought to herself
Alice je opet pomislila u sebi
"They're dreadfully fond of beheading people here"
"Ovdje užasno vole odrubljivati glave ljudima"
"the great wonder is that there's anyone left alive!"
"Veliko je čudo da je netko ostao živ!"
She was looking about for some way of escape
Tražila je neki način bijega
she noticed a curious appearance in the air
primijetila je znatiželjnu pojavu u zraku
"It's the Cheshire-cat," she said to herself
"To je Cheshire-mačka", rekla je u sebi
"now I shall have somebody to talk to"
"sada ću imati s kim razgovarati"
"How are you getting on?" said the cat
"Kako ste?" upita mačka

"I don't think they play at all fairly," Alice said
"Mislim da uopće ne igraju pošteno", rekla je Alice
and she had a rather complaining tone
i imala je prilično prigovarajući ton
"they all quarrel so dreadfully"
"Svi se tako strašno svađaju"
"one can't hear oneself speak"
"Čovjek ne može čuti sebe kako govori"
"and they don't seem to play by any rules"
"i čini se da ne igraju po bilo kakvim pravilima"
the cat asked Alice a question in a low voice
mačka je tihim glasom postavila Alice pitanje
"How do you like the queen?"
"Kako ti se sviđa kraljica?"
"I don't like her at all," said Alice
"Uopće mi se ne sviđa", reče Alice

Alice thought she might as well go back
Alice je pomislila da bi se mogla vratiti
she wanted to see how the game was going
željela je vidjeti kako ide utakmica
she went off in search of her hedgehog
Otišla je u potragu za svojim ježem
The hedgehog was busy fighting another hedgehog
Jež je bio zauzet borbom s drugim ježem
this was an excellent opportunity
Ovo je bila izvrsna prilika
she could croquet one hedgehog with the other
Mogla je kuketirati jednog ježa s drugim
but her flamingo was on the other side of the garden
ali njezin je flamingo bio s druge strane vrta
the flamingo was rather clumsy
Flamingo je bio prilično nespretan
her flamingo was trying to fly up into a tree
njezin flamingo pokušavao je odletjeti u drvo
She caught the flamingo by the leg
Uhvatila je flaminga za nogu
and she tucked the flamingo away under her arm
i gurnula je flaminga pod ruku
that way the flamingo couldn't escape again
Na taj način flamingo više nije mogao pobjeći
Just then Alice happened to meet the duchess
Upravo tada je Alice slučajno upoznala vojvotkinju
The duchess was now out of prison
Vojvotkinja je sada izašla iz zatvora
She tucked her arm affectionately under Alice's arm
Nježno je uvukla ruku ispod Aliceine ruke
and then they walked off together
a onda su zajedno otišli
Alice was very glad to find her in such a pleasant temper
Alisa je bila vrlo sretna što ju je zatekla u tako ugodnoj naravi
She was a little startled, however
Međutim, bila je pomalo zaprepaštena
she heard the voice of the duchess close to her ear

čula je glas vojvotkinje blizu uha
"You're thinking about something, my dear"
"Razmišljaš o nečemu, draga moja"
"and that makes you forget to talk"
"I zbog toga zaboravljaš govoriti"
"The game's going on rather better now," Alice said
"Igra sada ide prilično bolje", rekla je Alice
it was one way of keeping the conversation going
to je bio jedan od načina da se razgovor nastavi
"it is so indeed," said the duchess
"To je doista tako", reče vojvotkinja
"and the moral of that is this:"
"A pouka toga je ova:"
"It is love that does it all!"
"Ljubav je ta koja čini sve!"
"Love is what makes the world go around"
"Ljubav je ono što pokreće svijet"
Alice had another explanation
Alice je imala drugo objašnjenje
"it's done by everybody minding his own business!"
"To radi tako što svatko gleda svoja posla!"
"Ah, well! You could be right"
"Ah, dobro! Možda ste u pravu"
"It all means much the same thing," said the Duchess
"Sve to znači gotovo istu stvar", reče vojvotkinja
and she dug her sharp little chin into Alice's shoulder
i zabila je svoju oštru malu bradu u Aliceino rame
"and the moral of that is this"
"A pouka toga je ovo"
"Take care of the sense"
"Pazi na razum"
"and then the sounds will take care of themselves"
"I tada će se zvukovi pobrinuti sami za sebe"
but then the duchess's arm began to tremble
Ali tada je vojvotkinjina ruka počela drhtati
Alice looked up and there stood the queen
Alisa je podigla pogled i stajala je kraljica

the queen had her arms folded
kraljica je imala prekrižene ruke
and she was frowning like a thunderstorm!
i mrštila se poput grmljavine!
"I give you fair warning," shouted the queen
"Pošteno vas upozoravam", viknula je kraljica
and she stomped on the ground as she spoke
i gazila je po tlu dok je govorila
"either your head or her head must be off"
"Ili tvoja glava ili njezina glava mora biti odsječena"
"Take your choice!"
"Izaberi!"
"and be quick about it"
"i požuri s tim"
The duchess made her choice
Vojvotkinja je napravila svoj izbor
and within a moment the duchess was gone
i za trenutak vojvotkinja je nestala
Then the queen spoke to Alice
Tada je kraljica razgovarala s Alicom
"Let's go on with the game"
"Nastavimo s igrom"
Alice was too frightened to say a word
Alice je bila previše uplašena da kaže riječ
and she slowly followed her back to the croquet-ground
i polako je slijedila natrag do igrališta za kroket
the whole time the queen quarrelled with the other players
cijelo vrijeme kraljica se svađala s ostalim igračima
"Chop off his head!"
"Odsijeci mu glavu!"
"Chop off her head!"
"Odsijeci joj glavu!"
"Chop all their heads off!"
"Odsjeći im sve glave!"
soon all the players were in custody
Ubrzo su svi igrači bili u pritvoru
only the king, the queen, and Alice remained

ostali su samo kralj, kraljica i Alice
Then the queen left, quite out of breath
Tada je kraljica otišla, sasvim bez daha
and she walked away with Alice
i otišla je s Alice
Alice heard the king quietly say something
Alisa je čula kralja kako tiho govori nešto
"You are all pardoned"
"Svi ste pomilovani"
but suddenly there was another cry heard
ali odjednom se začuo još jedan krik
"The trial is beginning!"
"Suđenje počinje!"
and Alice ran along with the others
a Alice je trčala zajedno s ostalima

who stole the tarts?
Tko je ukrao kolače?

The king and queen of hearts were seated
Kralj i kraljica srca sjedili su
they were on their throne when Alice arrived
bili su na svom prijestolju kad je Alice stigla
there was a great crowd assembled around them
oko njih se okupilo veliko mnoštvo
there were all sorts of little birds and beasts
Bilo je svakakvih ptičica i zvijeri
and there was the whole pack of cards
A tu je bio i cijeli paket karata
the knave was standing in front of them, in chains
Ždak je stajao ispred njih, u lancima
and there was a soldier on each side to guard him
a sa svake strane bio je vojnik koji ga je čuvao
near the King was the white rabbit
blizu kralja bio je bijeli zec
he had a trumpet in one hand
U jednoj ruci imao je trubu
and he had a scroll of parchment in the other hand
a u drugoj ruci imao je svitak pergamenta
In the very middle of the court was a table
U samoj sredini dvorišta bio je stol
on the table was a large dish of tarts
Na stolu je bila velika posuda kolača
"I wish they'd get the trial done," Alice thought
"Voljela bih da završe suđenje", pomislila je Alice
"then we could eat some of those refreshments!"
"Onda bismo mogli pojesti malo tog osvježenja!"

The judge, by the way, was the king
Sudac je, usput, bio kralj
and he wore his crown over his great wig
i nosio je svoju krunu preko svoje velike perike
"That's the jury-box," thought Alice
"To je porotnička loža", pomisli Alice
"and those twelve creatures, I suppose they are the jurors"
"A tih dvanaest stvorenja, pretpostavljam da su porotnici"
some were animals, and some were birds
neke su bile životinje, a neke ptice
Just then the white rabbit cried out
Upravo tada je bijeli zec zavapio
"Silence in the court!"
"Tišina u sudnici!"
"Herald, read the accusation!" said the king
"Glasniče, pročitaj optužbu!" reče kralj
the white rabbit blew three blasts on the trumpet
Bijeli zec je tri puta puhao u trubu
then he unrolled the parchment-scroll
zatim je odmotao pergamentni svitak

and he read as follows:
i pročitao je sljedeće:
"The queen of hearts, she made some tarts,"
"Kraljica srca, napravila je neke kolače,"
"All this she did on a summer day"
"Sve je to učinila jednog ljetnog dana"
"The knave of hearts, he stole those tarts"
"Srdačak, ukrao je te kolače"
"And he took those tarts far away!"
"I odnio je te kolače daleko!"
"Call the first witness," said the king
"Pozovi prvog svjedoka", rekao je kralj
and the white rabbit blew three blasts on the trumpet
a bijeli zec je tri puta zatrubio u trubu
"bring the first witness!" he called out
"Dovedite prvog svjedoka!" povikao je
The first witness was the hat maker
Prvi svjedok bio je proizvođač šešira
he came in with a teacup in one hand
Ušao je sa šalicom čaja u jednoj ruci
and he had a piece of bread and butter in the other hand
a u drugoj ruci imao je komad kruha i maslaca
"You ought to have finished," said the King
"Trebao si završiti", reče kralj
"When did you begin?"
"Kada si počeo?"
The hat maker looked at the march hare
Šeširar je pogledao marširajućeg zeca
the march hare had followed him into the court
Marški zec slijedio ga je u dvor
he had walked arm in arm with the dormouse
Hodao je ruku pod ruku s puhom
"Fourteenth of March, I think it was," he said
"Četrnaestog ožujka, mislim da je bilo", rekao je
"Give your evidence," said the king
"Svjedočite", rekao je kralj
"and don't be nervous, or I'll have you executed on the spot"

"i ne budi nervozan, ili ću te pogubiti na licu mjesta"
This did not seem to encourage the witness at all
Čini se da to uopće nije ohrabrilo svjedoka
he kept shifting from one foot to the other
stalno se premještao s jedne noge na drugu
and he looked uneasily at the queen
i nelagodno je pogledao kraljicu
and, in his confusion, he bit a large piece out of his teacup
i, u svojoj zbunjenosti, odgrizao je veliki komad iz svoje šalice
za čaj
really he meant to bite from his bread and butter
Zapravo je namjeravao zagristi svoj kruh i maslac
Just at this moment Alice felt a very curious sensation
Upravo u tom trenutku Alice je osjetila vrlo znatiželjan osjećaj
she was beginning to grow larger again
Ponovno je počela rasti
The miserable hat maker dropped his teacup
Jadni proizvođač šešira ispustio je šalicu za čaj
and the bread and butter fell to the ground
i kruh i maslac pali su na zemlju
and he went down on one knee
i on je kleknuo na jedno koljeno
"I'm a poor man, your majesty," he began
"Ja sam siromašan čovjek, Vaše Veličanstvo", započeo je
"You're a very poor speaker," said the king
"Ti si vrlo loš govornik", reče kralj
"You may go," said the king
"Možete ići", reče kralj
and the hat maker hurriedly left the court
i šeširar je žurno napustio dvorište
"Call the next witness!" said the king
"Pozovi sljedećeg svjedoka!" reče kralj
The next witness was the duchess's cook
Sljedeći svjedok bila je vojvotkinjina kuharica
She carried the pepper-box in her hand
U ruci je nosila kutiju s paprom
and the people near the door began sneezing all at once

i ljudi blizu vrata odjednom su počeli kihati
"Give your evidence," said the king
"Svjedočite", rekao je kralj
"I shall give no evidence," said the cook
"Neću svjedočiti", reče kuhar
The king looked anxiously at the white rabbit
Kralj je zabrinuto pogledao bijelog zeca
and the white rabbit spoke in a quiet voice
i bijeli zec je progovorio tihim glasom
"your majesty must cross-examine this witness"
"Vaše Veličanstvo mora unakrsno ispitati ovog svjedoka"
"Well, if I must, I must," the king said
"Pa, ako moram, moram", reče kralj
"What are tarts made of?"
"Od čega se prave kolači?"
"tarts are made of pepper, mostly," said the cook
"Torte se uglavnom rade od papra", rekao je kuhar
For some minutes the whole court was in confusion
Nekoliko minuta cijelo je dvorište bilo u zbunjenosti
eventually they all settled down again
Na kraju su se svi ponovno skrasili
but by then the cook had disappeared
ali do tada je kuhar nestao
"Never mind!" said the king
"Nema veze!" rekao je kralj
"call to the stand the next witness"
"Pozovite sljedećeg svjedoka"
Alice watched the white rabbit as he fumbled over the list
Alice je promatrala bijelog zeca dok je petljao po popisu
you can imagine her surprise at what she heard next
Možete zamisliti njezino iznenađenje onim što je sljedeće čula
at the top of his shrill little voice, he called the name "Alice!"
iz sveg glasa nazvao je ime "Alice!"

Alice's evidence
Alicein dokaz

"Here!" cried Alice
"Evo!" uzvikne Alisa
She jumped up in a great hurry
Skočila je u velikoj žurbi
and she tipped over the jury-box
i prevrnula je porotničku ložu
and she knocked over all the jurymen
i srušila je sve porotnike
and they fell on to the heads of the crowd below
i padoše na glave mnoštva dolje
Alice was in great dismay
Alice je bila u velikom zaprepaštenju
"Oh, I beg your pardon!" she exclaimed
"Oh, oprostite!" uzviknula je
"The trial cannot proceed," said the king
"Suđenje se ne može nastaviti", reče kralj
"the jurymen must get back in their proper places"
"Porotnici se moraju vratiti na svoja mjesta"
he repeated the order with great emphasis
ponovio je naredbu s velikim naglaskom
and he looked at Alice sternly
i strogo je pogledao Alice
"What do you know about these events?" the king asked Alice
"Što znaš o tim događajima?" upitao je kralj Alisu
"I know nothing on the subject," said Alice
"Ne znam ništa o tome", reče Alice
The king then read from his book
Kralj je zatim pročitao iz svoje knjige
"Rule forty two"
"Pravilo četrdeset i dva"
"All persons more than a mile high are to leave the court"
"Sve osobe visoke više od milje trebaju napustiti sud"
"I'm not a mile high," said Alice
"Nisam ni kilometar visoka", rekla je Alice

"Nearly two miles high," said the Queen
"Gotovo dvije milje visoke", reče kraljica

"Well, I refuse to go," said Alice
"Pa, odbijam ići", reče Alice
The king turned pale
Kralj je problijedio
and he shut his note-book hastily
i žurno je zatvorio bilježnicu
"Consider your verdict," he said to the jury
"Razmislite o svojoj presudi", rekao je poroti
he spoke in a low, trembling voice
Govorio je tihim, drhtavim glasom
then the white rabbit spoke
Tada je progovorio bijeli zec
"There's more evidence to come yet"
"Ima još dokaza koji će doći"
and he jumped up in a great hurry
i skočio je u velikoj žurbi
"This paper has just been picked up"

"Ovaj papir je upravo preuzet"
"It seems to be a letter written by the prisoner"
"Čini se da je to pismo koje je napisao zatvorenik"
He unfolded the paper as he spoke
Dok je govorio, rasklopio je papir
"It isn't a letter, after all"
"Ipak to nije pismo"
"what it was was a set of verses"
"Ono što je to bilo bio je skup stihova"
"Please, your majesty," said the knave
"Molim vas, Vaše Veličanstvo", reče nitkovac
"I didn't write those verses"
"Nisam ja napisao te stihove"
"and they can't prove that I wrote anything"
"i ne mogu dokazati da sam išta napisao"
"there's no name signed at the end"
"Na kraju nema potpisanog imena"
the king spoke to the knave
Kralj je razgovarao s nitkovcem
"You must have meant to cause some mischief"
"Mora da ste htjeli napraviti neku nestašluk"
"else you'd have signed your name like an honest man"
"inače bi se potpisao kao pošten čovjek"
There was a general clapping of hands
Uslijedilo je opće pljeskanje rukama
and the king turned to the white rabbit
I kralj se okrenu bijelom zecu
"Read the verses," he ordered
"Čitaj stihove", naredio je
There was dead silence in the court
U dvorištu je vladala mrtva tišina
and the white rabbit read out the verses
I bijeli zec pročita stihove
They told me you had been to her
Rekli su mi da si bio kod nje
And they mentioned me to him
I spomenuli su mu me

She gave me a good character
Dala mi je dobar karakter
But she said I could not swim
Ali rekla je da ne znam plivati
He sent them word I had not gone
Poslao im je poruku da nisam otišao
We know it to be true
Znamo da je to istina
If she should push the matter on, what would become of you?
Kad bi ona gurnula stvar dalje, što bi bilo s tobom?
I gave her one, they gave him two
Ja sam joj dao jednu, oni su mu dali dvije
You gave us three or more
Dao si nam tri ili više
They all returned from him to you
Svi su se vratili od njega k tebi
although they were mine before
iako su prije bili moji
If I or she should chance to be
Ako ja ili ona slučajno postanem
If I or she were involved in this affair
Da smo ja ili ona bili umiješani u ovu aferu
He trusts to you to set them free
On se pouzda u tebe da ćeš ih osloboditi
Exactly as we were
Točno onakvi kakvi smo bili
My notion was that you had been
Moja ideja je bila da ste bili
Before she had this fit
Prije nego što je dobila ovaj napadaj
An obstacle that came between
Prepreka koja se našla između
Him, and ourselves, and it
On, i mi, i to
Don't let him know she liked them best
Nemojte mu dati do znanja da su joj se najviše sviđali

For this must for ever be a secret, kept from all the rest
Jer to mora zauvijek biti tajna, čuvana od svih ostalih
This secret must remain a secret between yourself and me
Ova tajna mora ostati tajna između tebe i mene
the king was very impressed
Kralj je bio vrlo impresioniran
"That's the most important piece of evidence we've heard yet"
"To je najvažniji dokaz koji smo do sada čuli"
"I don't believe those verses carry an atom of meaning," objected Alice
"Ne vjerujem da ti stihovi nose ni atom značenja", prigovorila je Alice
the King had his own opinion on the matter
kralj je imao svoje mišljenje o tom pitanju
"If there's no meaning in those words, that saves a world of trouble"
"Ako u tim riječima nema smisla, to spašava svijet nevolja"
"then we needn't try to find the meaning"
"Onda ne trebamo pokušavati pronaći smisao"
"Let the jury consider their verdict"
"Neka porota razmotri svoju presudu"
"No, no!" said the queen
"Ne, ne!" reče kraljica
"Sentencing first—verdict afterwards"
"Prvo izricanje kazne, a nakon toga presuda"
"Stuff and nonsense!" said Alice loudly
"Gluposti i gluposti!" rekla je Alice glasno
"how silly it is to sentence the defendant first!"
"Kako je glupo prvo osuditi optuženika!"

"Hold your tongue!" said the queen, turning purple
"Šuti!" reče kraljica, postajući ljubičasta
"I will not hold my tongue!" said Alice
"Neću držati jezik za zubima!" reče Alisa
the queen shouted at the top of her voice
Kraljica je viknula iz sveg glasa
"chop off her head!"
"Odsijeci joj glavu!"
Nobody made a movement
Nitko nije napravio pokret
"Who cares what you say?" said Alice
"Koga briga što govoriš?" upita Alice
she had grown to her full size by this time
Do tada je već narasla do svoje pune veličine
"You're nothing but a pack of cards!"
"Ti si ništa drugo nego paket karata!"
At this, all the cards rose up in the air
Na to su se sve karte podigle u zrak
and all the cards came flying down upon her
i sve su karte letjele na nju

she gave a little scream
Malo je vrisnula
she was half afraid, but also angry
Bila je napola uplašena, ali i ljuta
and she tried to fight the cards off of herself
i pokušala se boriti protiv karata
and then she found herself lying on the grass bank
a onda se našla kako leži na travnatoj obali
her head was in the lap of her sister
glava joj je bila u krilu njezine sestre
some dead leaves had landed on her face
Nešto mrtvog lišća sletjelo joj je na lice
and her sister was gently brushing the leaves away
a njezina je sestra nježno četkala lišće
"Wake up, Alice dear!" said her sister
"Probudi se, Alice draga!" reče njezina sestra
"what a long sleep you've had!"
"Kako si dugo spavao!"
"Oh, I've had such a curious dream!" said Alice
"Oh, sanjala sam tako čudan san!" reče Alice
And she told her sister all she could remember
I rekla je sestri sve čega se mogla sjetiti
all the strange adventures that you have just been reading about
Sve čudne avanture o kojima ste upravo čitali
Alice got up and ran off
Alice je ustala i pobjegla
and she thought, while she ran, about her dream
i dok je trčala razmišljala o svom snu
"what a wonderful dream it had been!"
"Kakav je to divan san bio!"